Vielleicht das Meer

Marlis Thiel

Vielleicht das Meer

edition pharos

Herausgegeben von
Jürgen Heiser und Gerd Kiep

Atlantik

Bibliographische Informationen Der Deutschen Bibliothek
Die Deutsche Bibliothek verzeichnet diese Publikation in
der Deutschen Nationalbibliographie; detaillierte bibliographische Daten sind im Internet unter http://dnb.ddb.de
abrufbar.

1. Auflage November 2005

Gestaltung: Atlantik Verlag
Gesamtherstellung: Roland Kofski, Bremen

ISBN 3-926529-85-7

Über das Schreiben

Das Schreiben ist ein täuschendes Wort. Eigentlich müsste man eher über das Nichtschreiben schreiben, als über das Schreiben zu schreiben. Als das Schreiben in schöne Worte zu kleiden. Das Schreiben der Duras in schöne Worte zu kleiden. Ihrem Schreiben das Geheimnis zu entlocken. Die Reihe fortzusetzen der Wörter und Bilder und Mutmaßungen, die sie dem Schreiben gab. Und die andere ihrem Schreiben gegeben haben.

Über das Meer werde ich nicht schreiben. Und über das kleine Mädchen am Meer, das zum ersten Mal am Meer stand mit einem Butterbrot in der Hand. Vielleicht hat dieses Mädchen sich nicht einmal für das Meer interessiert. Vielleicht hat es sich die Zeit im Sand vertrieben. Über den Sand das Meer vergessen. Und das Butterbrot in der Hand zu essen. Ich werde mir die Frage nicht anmaßen, woher der Antrieb des Schreibens kam. Und warum aus der kleinen Marguerite Donnadieu, die sich später Marguerite Duras nannte, eine Schriftstellerin geworden ist. Warum sie schreiben wird. Ich werde über die Umstände schreiben, die ihr Schreiben begleiten, die den Sound ausmachen, den Unterton, den basso continuo in ihren Texten. Ich werde mir ihr Schreiben vom Ort des Nichtschreibens aus ansehen. Ich werde neben ihr sitzen, wenn sie am Schreibtisch sitzt, wenn sie schreibt. Ich werde neben ihr stehen, wenn sie den jungen Mann empfängt an der Tür. Ich werde ihr unter den Rock sehen, wenn sie neben dem jungen Mann auf dem Boden sitzt. Ich werde ihr zusehen beim Trinken. Ich werde daran denken, wie unerbittlich die Mutter war. Und wie gemein der ältere Bruder. Ich werde diese Kindheit nicht beschönigen, nach allem, was ich gelesen habe in den Büchern, die sie geschrieben hat. Und was andere geschrieben haben über sie. Das ganze Wissen über sie. Die Recherchen, die angestellt wurden, über die Zeit in Asien und die Zeit danach. Und wie das war mit ihm, dem jungen Mann. Wie sie den Tag verbracht haben zusammen und die Nacht. Die erste Nacht mit ihm. Ich werde mich darüber amüsieren, dass sie nichts zum Anziehen fand. Aber das Lachen wird mir vergehen; denn der Film, in dem ich sie sehe, ist ein anderer Film als der, den ich gesehen habe, der unter dem Titel »Diese Liebe« im Kino lief. Zufällig habe ich nach dem Film eines ihrer Bücher wieder gelesen und mich gefragt, warum dieser Mann, dieser Vize-Konsul von Lahore, in der Nacht eigentlich geschrien hat. Vielleicht ist das Schreiben nur ein Ersatz dafür. Vielleicht geschieht es deswegen, weil man nicht schreien kann. Weil man sich irgendwie behaupten muss gegen das Nichts und den Tod, gegen die großen Worte. Weil man gegen die großen Worte das Schreiben setzt. Oft undeutlich und verschwommen in seinen äußeren Anlässen, seinen unbeholfenen, vielleicht sogar verzweifelten Anfängen hinter zugezogenen Vorhängen und geschlossenen Türen, von der Außenwelt abgeschirmt – das Allerheiligste in erhabene Dunkelheit getaucht; das Licht gedimmt. Man kennt diese hochdekorierten, heiliggesprochenen Arbeitszimmer. Man geht durch das Museum eines Zauberbergs, um irgendwann doch wieder beim Nichtschreiben anzukommen, dem eigentlichen Ort, an einen unaufgeräumten Arbeitstisch zurück, zu den chaotischen Stunden, Tagen, Wochen zurück, wo das

Schreiben anfängt, wo es stockt. Vielleicht sogar sehr lange stockt. Und wieder anfängt. Und wieder aufhört. Wo ein Text ein erstes Wort, einen ersten Satz findet. Sich in einen Rhythmus fügt. Sich in seinen Rhythmus fügt, in die Musik, die mir im Ohr liegt, mit der ich bezaubern möchte, ebenso wie ich bezaubert worden bin von der Verzückung der Lol V. Stein, vom Vizekonsul in Lahore, vom Sommer 1980 und vom Liebhaber selbstverständlich, den sie geschrieben hat. Und von den Filmen, die sie gedreht hat. Filme, die nach den Drehen wieder zu Büchern wurden.

Ich weiß nicht, warum mich ein Stoff zum Schreiben bringt und ein anderer nicht. Vielleicht haben mich ihre Bücher deswegen zum Schreiben gebracht, weil man in ihnen, in einem Meer aus Wörtern und Sätzen, auf eine Insel des Schweigens stößt, weil sie etwas berühren, das vielleicht einmal vergessen werden musste, etwas, das vielleicht ebenso dunkel und schwarz ist wie die asiatische Nacht, der sie entsprungen sind. Es könnte ein Schrei sein. Es könnte auch ein anderes Ereignis gewesen sein. Es könnte aber auch schon auf die Bühne der Literatur deuten, auf der die Figuren immer wieder neu angeordnet werden, die Bühne, auf der die Duras selbst eine Figur geworden ist, eine Figur unter anderen, eine Geschichte unter anderen, die denkbar sind, damit das Schreiben weitergehen kann über sie und den Mann auf dem Balkon in Asien und eine Frage, die keine Antwort findet.

Bremen, November 2005
Marlis Thiel

Vielleicht das Meer

Ein schönes Leben

Sie war immer früh aufgestanden. Nach dem Aufwachen immer sofort an die Arbeit gegangen. Jeden Morgen, jahrelang immer nach demselben Programm aufgestanden und an die Arbeit gegangen. Und das war eine ganz schlechte Angewohnheit von ihr. Dass sie das niemals anders gemacht hatte. Sie war noch im Morgenrock, noch in den Latschen. Und hatte schon angefangen. Und immer geraucht. Und immer getrunken. Und immer gedacht, dass es ein schlimmes Ende nehmen würde mit ihr. Und dann war sie fünfzig geworden. Und danach auch noch sechzig geworden. Nicht einmal Napoleon war so alt geworden wie sie. Und auch sie hatte kaum noch zu hoffen gewagt, dass sie es werden würde, dass sie es sehen würde; jeden Morgen in ihrem Badezimmerspiegel war es da, das Bild, das sie geworden war.

Und das war wahr. Sie war die größte Schriftstellerin Frankreichs geworden. Sie war es erst geworden, nachdem sie fünfzig geworden war. Erst in dem Alter hatte sie es geschafft. Erst mit über fünfzig das Buch herausgebracht, das ihren Ruhm begründet hatte in Frankreich und auch noch über Frankreich hinaus in der ganzen Welt. Nur um einmal dahin zu kommen, um einmal ganz oben an der Spitze zu stehen, hatte sie die vielen schlechten Angewohnheiten angenommen. Und schon am Morgen das Zittern bekommen, vor einem Text gezittert wie Napoleon vor Moskau, am Ende seiner Feldherrenherrlichkeit. Obwohl ihr der Vergleich nicht gepasst hatte. Sie den Vergleich immer gehasst hatte. Sie mit dem kleinen Napoleon zu vergleichen. Sie hatte ihre Kriege auf anderen Schlachtfeldern geführt.

Manchmal war es nur ein Wort, das sie störte, das in einen Text von ihr nicht hineingehörte. Manchmal waren es ganze Sätze, gegen die sie den Strich richtete. Manchmal war das Schreiben unmöglich. Der Ton in einem Text musste stimmen, musste hart sein, hart, bis an die Grenze gehen. Nur deswegen vernachlässigte sie ihr Aussehen, färbte sich nicht mehr das Haar, pflegte kaum noch Kontakte nach draußen. Den Wein, den sie trank, ließ sie sich ins Haus bringen, ganze Kisten davon. Eine ganz bestimmte Sorte Weißwein war es, den trank sie am liebsten. Rotwein trank sie nur, wenn nichts anderes da war zum Trinken. Erst nachdem sie fünfzig geworden war, hatte sie sich dem Trinken hingegeben. Vorher hatte sie sich noch mit anderen Sachen herumgeschlagen, sich auch mit Männern herumgeschlagen. Männer, die ihre Texte nicht geachtet hatten, die ihr Schreiben niedergemacht hatten, die ihr gesagt hatten: Marguerite, lass es!

Nur zu ihrem Verleger hatte sie den Kontakt noch nicht abgebrochen. Zu allen anderen Männern vollkommen. In ihrer feministischen Phase Männer konsequent an den Rand gestellt. Männer in ihren Texten zu Statisten, Lakaien heruntergemacht, zu unbedeutenden Figuren neben den Frauen, all diesen wundervollen Frauengestalten, denen sie Leben gegeben hatte, Schönheit, Begehren, alles. Allein die Namen, die sie erfunden hatte für ihre Frauen. Allein in den Namen lag schon das Geheimnis. Ihre Frauen mussten alle lange, klangvolle Vornamen haben. Musik in den Vornamen haben. Man musste die Musik hören können in ihnen. Und dann hart vor den

Kopf gestoßen werden durch das Wort, das dann kam. Möglichst viele Konsonanten musste das Wort haben. Mehr Konsonanten als Vokale. In dem Wort musste es toben und grollen. Ein Abgrund musste sich auftun. Das Gericht über einem Namen erscheinen. Stein war so ein Name gewesen, den sie erfunden hatte. »Stein kam herein« war so ein Satz gewesen, den sie geschrieben hatte. Ihr genialster Satz höchstwahrscheinlich.

Nur Proust, wenn überhaupt, hatte ähnlich schöne Sätze geschrieben wie sie. Nur ihn, wenn überhaupt, ließ sie neben sich gelten. Alle anderen Schriftsteller waren nichts gegen sie. Simone de Beauvoir war nichts gegen sie. Sie hatte sie nicht einmal gelesen. Auch von Sartre hatte sie nichts gelesen. Ihn schon wegen der Beauvoir nicht gelesen. Sie fuhr auch nicht mehr nach Trouville hin, allein wegen der Vorstellung nicht mehr, die Beauvoir könnte dort tatsächlich einmal aufgetaucht sein, auf der Strandpromenade zusammen mit Sartre. Ganz Paris fuhr ja schon nach Trouville hin, machte Urlaub in Trouville, während sie bei ihren Perlhühnern Urlaub machte in einem unbekannten Ort auf dem Land, Trouville längst abgeschrieben hatte, genauso abgeschrieben, wie Proust es einst abgeschrieben hatte. Wie Proust hatte sie ihr

Hauptwerk in Paris geschrieben. Wie Proust das Unmögliche möglich gemacht. Das Unmögliche möglich gemacht gegen die Frau, die ihre Mutter war. Gegen die wahnsinnig schwarzen Kleider der Frau angeschrieben. Gegen den wahnsinnig verkniffenen Mund angeschrieben. Gegen den ganzen Wahnsinn angeschrieben. Mit dem kleinen Finger hatte es angefangen. Mit einem winzigen Stein an der Hand, rund wie ein Versprechen, rund wie ein Fischauge, wie das Auge einer Mutter, die ihre Bücher auch gelesen hätte. Mit jedem Buch ein neuer Ring, ein neues Versprechen an der Hand. Kleine Steine. Große Steine. Diamanten. Rubine. Smaragde. Perlen von den besten Juwelieren Frankreichs. Oder Modeschmuck von der Straße. Auch für Modeschmuck hatte sie eine Schwäche. Glasperlen, die wie echte Perlen aussahen. Dicke, auffällige Klunker an den Händen. Die ganze Kunst in Steinen aufgewogen. Eine schwere Schmuckschatulle nach all den Jahren. Manchmal hatte sie schon aus Überdruss gar keinen Ring mehr getragen. Ganze Tage nur im Schlafrock verbracht und in Latschen gegangen. Dabei hatten ihre Sachen längst Mode gemacht. Der vorteilhafte Rollkragen gegen den zu kurz geratenen Hals. Die streckenden Westen weltweit. Und auch die hochhackigen Stiefeletten, die sie getragen hatte, hatten Mode gemacht. Sie hatte ja immer diese hochhackigen Stiefeletten getragen solange sie denken konnte. Um jeden Zentimeter gekämpft, der sie größer machte.

Vor einem Interview hatte sie schon dagesessen, wenn andere noch gar nicht in Erscheinung getreten waren. Interviews grundsätzlich nur im Sitzen gegeben. Interviews im Stehen grundsätzlich abgesagt. Die meisten Interviews grundsätzlich abgesagt. Gar nicht mehr aufstehen können vom Schreibtisch, so schnell wie die Sätze gekommen waren. Ein Buch nach dem anderen geschrieben. Ein Buch nach dem anderen herausgebracht. Und nichts verdient daran. Nie Geld gehabt. Nie gewusst, wo das Geld geblieben war. In einem Restaurant hatte sie die anderen bezahlen lassen. Schließlich saßen sie mit einer berühmten Frau am Tisch. Jedes Wort aus ihrem Mund war Gold wert. Ihre späteren Biographen würden es wissen. Sie würden darüber zu berichten haben, ob das Essen gut war, das Fleisch nicht verdorben, das Gemüse nicht wie gewöhnlich zerkocht. Die französischen Köche zerkochten alles. Jedes Essen in einem französischen Restaurant war eigentlich zerkocht, eigentlich nicht essbar. Sie hasste die französische Küche. Jede andere Küche war besser. Sogar die deutsche Küche war besser. Aber eigentlich hasste sie auch die Deutschen. Das schlechte Restaurantessen in jedem Fall. Das Geschwätz bei Tisch. Das Rühren in der ohnehin verdorbenen Suppe. Die dummdreisten Fragen, die man ihr stellte, mit denen man sie belästigte. Die Verhöre. Interviews. Mutmaßungen. Ob sie nicht doch etwas mit dem Ministerpräsidenten gehabt habe? Oder ob sie immer noch für die Weltrevolution auf die Straße gehen würde? Dabei war sie doch auch für den Ministerpräsidenten auf die Straße gegangen. Nur das stand nicht drin in Frankreichs Lügenblättern.

Die Börsenkurse hatten sie nie interessiert. Und wer den Prix Goncourt bekommen hatte. Wenn überhaupt, las sie nur noch den Wetterbericht oder die Sonderangebote aus dem Supermarkt. Manchmal hatte sie eine Zeitung gar nicht mehr aufschlagen können. Immer sofort einen Ekel bekommen bei den Meldungen aus der Politik, aus der Wirtschaft, aus dem kulturellen Leben Frankreichs. Frankreichs Journalisten, Moderatoren, Juweliere. Alle unter einer Decke. Die gesamte Männerwelt unter einer Decke. Die gesamte Männerwelt stehen geblieben auf halber Strecke. Sie war weiter gegangen. Weiter gegangen mit Frankreichs Frauen. Und dann noch weiter gegangen, noch viel weiter gegangen, als Frankreichs Frauen gegangen waren. Frankreichs Frauen waren ihr ja gar nicht weit genug gegangen. Frankreichs Frauen hatten ja nur noch ihre Bäuche im Kopf gehabt. Und Bauchtanzworkshops gemacht. Einen Bauchtanzworkshop nach dem anderen gemacht. Und alles andere vergessen. Nicht einmal einen Socken hatten die meisten noch stopfen können. Alles immer gleich weggeschmissen. Sie hatte ja kaum noch ihren Augen getraut. Zum ersten Mal im Leben hatte sie hingesehen. Zum ersten Mal im Leben die Brille aufgehabt. Auf einmal auch das Nahe entdeckt. Das wirklich Interessante. Ein paar Häuser weiter. Oder gleich um die nächste Ecke. Oder wenn sie in einen Pariser Vorort gefahren war. Manchmal auch ein paar Kilometer weiter gefahren war in ihr Haus auf dem Land. Weite Reisen waren ihr immer ein Gräuel gewesen. Auf Lesereisen hatte sie sich immer gequält. Ihre asiatischen Bücher einem uninteressierten Publikum nahe zu bringen. Sie hatte es aufgegeben, sich einer anderen Beschäftigung hingegeben. Filme gedreht. Einen Film nach dem anderen gedreht. Sie war sofort süchtig geworden, aus den Büchern Filme zu machen. Und dann doch wieder an den Punkt gekommen. Da war es nicht mehr weiter gegangen. Allein wegen der Schauspieler war es nicht mehr weiter gegangen. Diese Schauspieler hatten alle gar nicht richtig spielen können, gar nicht richtig hören können auf sie. Jede Regieanweisung sofort sabotiert. Immer nur den eigenen Willen durchsetzen wollen. Völlig verdreht herausgekommen aus den Schauspielschulen, den Theaterakademien. Kein Aus-dem-Bildtreten, kein Verschwinden akzeptiert. Sie hätte die Filme lieber mit Leuten von der Straße machen sollen, anstatt Schauspieler zu engagieren, die obendrein auch noch Geld kosteten. Ihr war es ja gar nicht um die Schauspieler gegangen. Oder um den fertigen Film gegangen, hinterher. Der fertige Film hatte sie überhaupt nicht interessiert. Nur das Drehen. Und die Arbeit am Schneidetisch. Das Zusammensetzen und Wiederzerstückeln der Bilder. Ihren letzten Film hätte sie am liebsten so lange geschnitten, bis man gar nichts mehr gesehen hätte, kein Bild mehr gesehen hätte. Achtzig Prozent von dem Film hatte sie schon weggeschnitten. Von einer Stunde Spielzeit nur zehn Minuten übriggelassen. Fünfzig Minuten lang hätte man nichts gesehen, nur eine schwarze Leinwand vor Augen gehabt.

Ein ganzes Vermögen in die Filme gesteckt. Teure Schauspieler engagiert. Und nicht über den Punkt hinausgekommen, nicht über die Zehnminutenlüge hinweg. Eigentlich hätte sie sich umbringen müssen. Eigentlich hätte sie es machen müssen. Sie hatte immer gedacht, es irgendwann einmal machen zu müssen. Die Leute hatten es von ihr erwartet. Die schwarzen Anzüge schon in die Reinigung gebracht. Die Nachrufe schon geschrieben. Die Journalisten. Und die Schauspieler. Und die Verleger. Die Verleger hatten sich schon die Hände gerieben. Ihr plötzliches Ableben hätte das Geschäft mit den Büchern kolossal noch oben getrieben.

Sie hatte es nicht gemacht, schon deswegen nicht gemacht, weil es alle von ihr erwartet hatten. Stattdessen hatte sie einen Entzug gemacht. Und dann noch einen Entzug gemacht. Einen Entzug nach dem anderen gemacht, um sich wieder abzugewöhnen, was sie sich angewöhnt hatte in all den Jahren. Sie hatte ja nur noch zu den Weingläsern gegriffen. Immer sofort ein Weinglas in der Hand gehabt, wenn sie irgendwo hingekommen war. In einer Hand immer ein Weinglas gehabt. Und in der anderen immer eine Zigarette. Sie hatte gar keine Hand mehr frei gehabt. Nur noch geraucht und getrunken und Tabletten genommen, wenn sie viel getrunken hatte. Sie hatte nicht getrunken, um betrunken zu werden, niemals zum Alkohol gegriffen, um sich betrunken zu haben. Im Gegenteil: Sie hatte es immer gehasst, es so sehr gehasst, dass sie alles gemacht hätte, jedes Mittel eingenommen hätte, um wieder nüchtern zu werden, um wieder aus der Betrunkenheit herauszukommen, um in die Nüchternheit hineinzukommen, in die Nüchternheit hinein, in die man nur über die Betrunkenheit hineinkommen kann.

Vollkommen ernüchtert war sie noch einmal in den Keller hinuntergegangen. Nach schweren Stunden noch einmal im tiefsten, dunkelsten Keller ihres Schreibens angelangt. Sie hatte große Angst gehabt vor dem, was da auf sie wartete. Die ganzen Geschichten. Die Bücher. Die Texte, die noch nicht geschrieben waren. Die Filmskripte. Die Manuskripte. Das ganze Werk, das sie verfasst hatte, damals, von der Überfahrt auf dem Schiff, von dem Liebhaber, den sie aus dem Mann gemacht hatte, diesem Chinesen oder Halbchinesen. All das wieder heraufholen zu müssen. Die ganze Geschichte noch einmal schreiben zu müssen. Dieselbe Geschichte immer wieder schreiben zu müssen.

Auch wenn sie nicht an Rettung glaubte, manchmal war sie gerettet worden. Manchmal war es nur ein Brief gewesen, der sie gerettet hatte. Sie hatte ja immer diese Briefe bekommen. Die meisten Briefe hatte sie allerdings nur flüchtig gelesen. Die meisten Briefe waren ihr zu schmutzig gewesen. Sie hätte die Briefe gar nicht lesen können, so schmutzig waren die. Alle anderen Briefe hatte sie gelesen. Alle Briefe gelesen, die ein junger Mann geschrieben hatte an sie. Manchmal war jeden Tag ein Brief angekommen. Manchmal tagelang, wochenlang keiner. Und auf einen Brief hatte sie reagiert. Ihm auch einen Brief geschrieben. Und dann noch einen Brief geschrieben. Und immer mehr Briefe geschrieben. Und in dem letzten Brief, den sie bekommen hatte von ihm, hatte es gestanden. Und sie hatte es immer wieder gelesen. Und schon der Gedanke daran hatte sie erzittern lassen. Dass er kommen würde, hatte er geschrieben. Dass er vor ihrer Tür stehen würde, irgendwann.

Der Mann in der Tür

Trouville, im Juni 1980

Auf einmal stand er da vor ihr. Sie sah den weißen Anzug in der Tür. Sie sah die dunklen Stellen auf ihm. Die Knitterfalten an den Beinen und an den Knien. Sie sah die Erregung, die durch den Mann ging, die Aufregung, die den Mann erfasst hatte. Sie sah, dass der Mann zitterte vor ihr. Zwischen ihnen war die Schwelle. Und der abgestellte Rucksack in der Tür. Sie sagte nichts. Sie schaute nur, irgendwie verwundert oder ungläubig auch, schaute sie den Rucksack an. Und dann hoch an dem Mann, der da stand vor ihr, mit einer Frage auf den Lippen. Vielleicht hatte der Rucksack sie irritiert.

Er wusste nicht, was er sagen sollte. Er kam nicht über die Schwelle hinüber. Er suchte nach einem

Wort. Es war ihm nicht entgangen, dass sie das Haar anders trug. Dass das Haar grau geworden war. Dass die Frau alt geworden war. Dass einige Jahre vergangen waren, seitdem er sie getroffen hatte. Bei einer Lesung war das gewesen, dass er sie gesehen hatte zum ersten Mal. Er sah es in ihrem Gesicht. Die Falten. Die Verknitterungen. Das Zerstörungswerk der Zeit in ihrem Gesicht. Die Nächte in ihrem Gesicht. Das Irre der Nächte in ihrem Gesicht. Jede einzelne Nacht in die Haut eingegraben. Eine Landschaft aus Trockenheit, Schlaflosigkeit, Einsamkeit, Angst. An einen Garten dachte er, an ein heruntergefallenes Blatt im Herbst. Er sah, dass sie sich die Lippen rot angemalt hatte, dass sie einen Lippenstift aufgetragen hatte für ihn. Er hätte es ihr am liebsten gesagt: Hören Sie! Sie sollten das nicht tun! Sie machen damit alles nur noch schlimmer!

Er hatte sie einige Male im Fernsehen gesehen. Er hatte vergessen, wie sie ausgesehen hatte. Und was sie gesagt hatte vor der Kamera. All die klugen Kommentare von ihr. Die klugen Kommentare waren es nicht gewesen. Es war etwas anderes gewesen. Es war der Klang gewesen. Es war die Stimme gewesen, schon beim ersten Mal, als er sie zum ersten Mal

gehört hatte, die Tiefe der Stimme, das Raue, Sprö-
de, Harte, das er gehört hatte in ihr.

Ob er in der Tür stehen bleiben wolle, fragte sie.
Er schob den Rucksack über die Schwelle. Er wollte
sie in den Arm nehmen. Er wollte sie küssen. Er
machte einen Schritt auf sie zu. Sie war so klein, so
winzig neben ihm. Sie reichte ihm kaum bis an die
Schulter heran. Ihre Arme waren geöffnet. Aber sie
schaffte es nicht. Sie ließ die Arme wieder sinken.
Sie trat einen Schritt zurück. Ob er an den Wein gedacht habe, fragte sie.

Er nahm den Wein aus dem Rucksack, den er mit-
gebracht hatte auf ihren Wunsch hin. Sie hatte aus-
drücklich nach einem Rotwein verlangt. Es war kein
besonderer Wein, den er ausgewählt hatte. Ein Wein
aus dem Supermarkt. Er sagte, dass er nicht wisse,
ob man den Wein trinken könne, auf einmal dankbar
dafür, etwas zum Sagen zu haben, etwas anderes zum
Sagen zu haben, als einfach nur zu sagen: Da bin ich.
Dass er den Wein von seinem letzten Geld bezahlt
hatte, sagte er nicht. Und dass er jetzt nichts mehr
hatte. Stattdessen sagte er, wie zu seiner Entschuldi-
gung: Er trinke selten Wein. Wenn er einmal etwas
trinke, dann nur Whisky oder hin und wieder einen
Campari.

Sie erinnerte sich an einen Abend, an einen Campari, den sie getrunken hatte, zusammen mit ihm. Es war lange her. Aber sie war sich nicht sicher. Vielleicht irrte sie sich. Früher habe sie das auch gekonnt, sagte sie. Guten, alten schottischen Whisky getrunken. Inzwischen vertrage sie nur noch Wein. Egal welchen, sagte sie. Sie sind alle gleich. Einer wie der andere, sagte sie. Es werde schon der richtige sein. Dass er ihr folgen solle, sagte sie, in das schwarze Zimmer. Das schwarze Zimmer, so nannte sie den Raum, der ihr heilig war. Sie sagte, dass man das Meer hören könne von da. Das schlafende Meer am Tag. Und in der Nacht das Toben und Grollen, jede Nacht, sagte sie, wie ein Tier, man könne kaum schlafen; sie würde nie schlafen am Meer.

Es war das Arbeitszimmer, in das sie gegangen war. In das Herz der Wohnung hinein. In das Allerheiligste hinein. Das Allerheiligste, in erhabene Dunkelheit getaucht. Die Vorhänge waren zugezogen. Die Jalousien heruntergelassen. Das Licht war gedimmt in dem Raum. In einer abgedunkelten Sphäre stand sie in der Mitte, sie, die Schriftstellerin.

Sie hatte sich die Brille aufgesetzt, die Augen unentwegt auf ihn gerichtet, als er ein paar Schritte machte zum Fenster hin. Als hätte sie es ihm gesagt.

Als hätte sie es ihm befohlen: Machen Sie ein paar Schritte! Gehen Sie zum Fenster hin! Mit den Augen folgte sie ihm, konzentriert, jede Bewegung studierend, einsaugend. Sie achtete auf jedes Detail. Es gefiel ihr, wie er ging, wie er gegangen war, der Mann, der zum Fenster hingegangen war, wie er mit den Fingern an der Jalousie gespielt hatte, er, mit den Fingern an der Jalousie.

Man könne sie nicht aufmachen, sagte sie. Der Anblick sei zu grässlich. Leute, die zum Strand gehen. Urlauber. Ausflügler. Sommergäste. Die lange Schlange zum Strand hin. Die Nachmittage am Meer. Das Strandleben. Die Rituale. Sonnenanbetende Frauen! Schreiende Kinder! Männer in kurzen Hosen! Die Sommer, sagte sie. Auch dieser Sommer, sagte sie. Auch dieser Sommer habe mit einem Schrecken angefangen. In diesem Sommer sei es eine weiße Katze gewesen vor dem Fenster ihres Hauses auf dem Land. Jeden Tag habe das Tier da gesessen. Jeden Tag habe das Tier ihr ins Fenster gestarrt. Sie habe nichts machen können, sagte sie. Sie habe nicht gewagt, aufzustehen, hinauszugehen. Zuletzt habe sie es nicht mehr ausgehalten. Sie sei geflohen von da. Hals über Kopf, sagte sie, um aus den Augen herauszukommen, aus dem bösen Blick des Tieres.

Es sei überall dasselbe im Sommer, sagte sie. Nirgendwo könne man es aushalten im Sommer. Nicht einmal an den Strand könne man gehen im Sommer. Im Sommer sei es ganz und gar unmöglich, tagsüber an den Strand zu gehen. Erst gegen Abend, wenn der Strand sich geleert habe, könne man das tun. Ob er den Wein nicht aufmachen wolle, fragte sie.

Er hatte sich an den Boden gesetzt. Er saß da mit angewinkelten Knien. Die Hosenbeine seines Anzuges waren ein Stück hochgerutscht. Sie sah das Haar auf seinen Beinen, dunkles, fast schwarzes Haar. Sie sah in den dichten Wald aus Haar. Und wie weiß die Haut darunter war. Sie sah, wie das Haar sich unter ihren Blicken aufrichtete. Sie sah, wie das Haar sich unter ihren Blicken sträubte. Sie sah die Gänsehaut entstehen.

Sie hatte sich zu ihm gesetzt. Sie hatte gedacht, sie könne es auch noch einmal probieren, am Boden zu sitzen auf den harten Tatsachen, obwohl sie es unbequem fand. Sie erinnerte sich daran, dass sie es immer unbequem gefunden hatte. Und dass sie irgendwann aufgehört hatte damit. Sie dachte daran, dass sie Kniestrümpfe trug unter dem Rock, Kniestrümpfe, die wie immer ein Stück heruntergerutscht waren. Und dass es ihr peinlich war. Dass es vielleicht ganz unmöglich aussah. Der Gedanke war grotesk, dass dieser schüchterne junge Mann, der ihr gegenübersaß, es abstoßend finden musste, einer alten Frau unter den Rock zu sehen.

Er hatte sich den Wein vorgenommen, umständlich den Korken herausgezogen, umständlich den Wein eingegossen. Ihr ein Glas eingegossen, ihr beim Trinken zugeschaut. Sie trank den Wein. Sie trank nicht hastig, nicht überstürzt. Sie kippte das Glas nicht hinunter. Sie trank ihn genüsslich, in kleinen Schlucken. Ein guter Wein, sagte sie. Sie liebe solche Weine, sagte sie. Solche Weine ohne Charakter, sagte sie. Aus dem Supermarkt, sagte sie. Solche einfachen Landweine aus dem Supermarkt, sagte sie. Eine gute Idee, sagte sie, am Boden zu sitzen, am Boden zu trinken.

Sie schaute ihn an. Mit ihren Augen hing sie an ihm. Mit ihren dunklen Augen, die hinter den starken Brillengläsern wie die Augen eines Kindes aussahen, wie die großen Augen eines Kindes, Augen, von denen man nicht wissen konnte, was sie gerade sahen. Und ob sie nicht vielleicht sogar blind waren oder stehen geblieben, in ein Bild verhakt, in das Haar auf seinen Beinen verhakt. Oder in seine Handgelenke verhakt, die unter der dunklen Behaarung weiß und schmal aufschienen, weiß und schmal wie die Handgelenke einer Frau. Es sei seltsam, sagte sie. Sie habe das Gefühl, ihn schon zu kennen, schon von jeher, sagte sie. Vielleicht sagte sie es. Vielleicht sagte sie es auch nicht. Aber sie hätte es gesagt haben können in dem Moment. Es war einer dieser Momente, in denen er nicht mehr wusste, wer sprach. Und ob überhaupt etwas gesprochen wurde. Vielleicht hatte sie etwas gesagt. Vielleicht hatte er es auch gelesen in einem Buch von ihr. Egal was. Und ob überhaupt. Es zählte nicht in diesem Raum, in dem das Reden ebenso viel Gewicht hatte wie das Schweigen. Wenn die Pausen kamen zwischen den Worten auf dem langen Weg von einem zum nächsten Wort, von einem zu einem anderen Gedanken, ohne zu wissen, wohin der Weg führen würde. Und ob man am Ende irgendwo ankommen würde. Einfach nur so, in einem Plauderton, leichthin gesagt. Und manchmal einen Satz auch mittendrin wieder abgebrochen. Den Faden verloren. Oder stecken geblieben in einem Wort. Vielleicht hatte sie ihn etwas gefragt. Ob er eine gute Verbindung gehabt habe? Oder ob er eine gute Fahrt gehabt habe? Oder ob er ihr Haus gleich gefunden habe? Etwas in der Art. Sie erwartete keine Antwort von ihm. Sie wollte nichts wissen. Er brauchte nichts zu sagen. Sie redete. Sie sprach.

Es sei der Wein, sagte sie. Sie habe lange Zeit keinen Wein getrunken. Sie habe aufgehört mit dem Trinken. Sie habe eine Pause gemacht. Eine lange Pause, sagte sie. Sie habe beinahe vollständig darauf verzichtet. Sie verstehe es selbst nicht, warum. Es sei unsinnig, nicht zu trinken, für nichts und wieder nichts aufzuhören. Es sei schön, wieder zu trinken, sagte sie. Sehr, sehr schön, sagte sie. Allein deswegen lohne es sich schon. Um es eines Tages wieder zu tun. Um es wieder zu wissen. Sie verstehe die Logik nicht, sagte sie, alle die, die gesagt haben: Sie müssen aufhören damit! Jeder Arzt, sagte sie, zu dem sie gegangen sei, habe es ihr auf den Kopf zu gesagt. Jeder Arzt habe sie beschworen aufzuhören. Eine Alkoholikerin, sagte sie. Sie habe sich längst abgefunden damit.

Ihm habe sie es sofort angesehen, sagte sie. An seinem Anzug habe sie es gesehen. Sie habe sofort an einen Schriftsteller gedacht, sofort an eine andere Zeit gedacht, an einen Sommer in Italien gedacht. Sie habe es beinahe vergessen, sagte sie. Früher sei sie oft in Italien gewesen. Sie habe gute Freunde in Italien. Sehr gute Freunde, sagte sie. Sehr gute Kommunisten, sagte sie. Richtig gute Kommunisten, sagte sie, nicht so wie die französischen Kommunisten sind. Männer ohne Leidenschaft. Männer ohne Passion. All diese blassen Franzosen, sagte sie. All diese blassen Franzosen seien nichts im Vergleich dazu. Kein Franzose, sagte sie, reiche an einen Italiener heran. Kein Vergleich, sagte sie. Überhaupt kein Vergleich zu den Barolos und den Brunellos und den Barbarescos aus Italien. Allein die Namen, sagte sie. Allein die Namen auszusprechen. Dieser Wein, sagte sie. Dieser Wein sei wie eine Erinnerung. Sie verstehe nicht, wie man trinken könne, ohne Leidenschaft, ohne Passion, ohne dabei zugrunde zu gehen.

Er hatte sie reden lassen. Er hatte ihr zugehört, mehr oder weniger aufmerksam zugehört. Manchmal hatte er auch nicht zugehört, an etwas anderes gedacht, daran gedacht, dass er kein Geld mehr hatte, dass er nicht wusste, wie es weitergehen sollte, dass er nicht einmal mehr das Geld für die Rückfahrt besaß. Er hatte nur wenig getrunken. Er fühlte sich nicht betrunken. Er war nur ein bisschen benommen. Nur ein bisschen müde. Er war früh aufgestanden. Er hatte lange wach gelegen. Er hatte nicht einschlafen können. Er wusste nicht, ob er überhaupt noch eingeschlafen war. Zeitig war er aus dem Haus gegangen. Er hatte sich in den Bus gesetzt. Er war zu ihr gefahren. Er hatte aus dem Fenster geschaut, die ganze Zeit aus dem Fenster geschaut. Einen Augenblick lang hatte er gezögert, als er angekommen war, als er da gestanden war vor ihrem Haus. Auf einmal war er sich lächerlich vorgekommen in seinem Anzug, mit dem Rucksack und den Sachen, die er mitgenommen hatte. Für alle Fälle, hatte er gedacht. Es hätte ja sein können.

Sie hatte am Fenster gestanden, ihn schon von weitem kommen gesehen. Niemandem gegenüber hätte sie es zugegeben, dass sie gewartet hatte auf ihn, dass sie unruhig geworden war. Um elf Uhr, hatte er gesagt, würde der Bus ankommen. Und dass er dann anrufen würde. Pünktlich um elf Uhr hatte das Telefon geklingelt.

Sie hatte gesagt, sie sei noch nicht so weit, sie habe noch zu tun, er solle später noch einmal anrufen, am Nachmittag, hatte sie gesagt. Den ganzen Tag hatte sie sich gequält. Jede Stunde auf die Uhr geschaut. Keinen einzigen Satz zustande gebracht. Nichts geschrieben. Es war zwecklos gewesen, das Schreiben völlig unmöglich. Sie hatte sich vor den Spiegel gestellt, sich lange im Spiegel betrachtet. Sie hatte diesen und jenen Gesichtsausdruck ausprobiert. Mehrere Male die Kleidung gewechselt. Der Spiegel hatte es ihr jedes Mal wieder gesagt. Warum, hatte sie sich immer wieder gefragt. Was könne sie, eine berühmte Frau, schon in die Knie zwingen! Und dann hatte sie ihn erblickt, wie er da unten gestanden war, ein gut angezogener, gut aussehender junger Mann, der sie besuchen wollte, der sie sprechen wollte, sie kennen lernen wollte. Ein Verehrer, ein Leser ihrer Bücher. Einer, der ganze Passagen ihrer Bücher auswendig aufsagen konnte. Einer, der gekommen war zu ihr, der Erfinderin der schönsten Frauenfiguren der Weltliteratur. Frauen, vor denen die gesamte Männerwelt in die Knie gegangen war. Frauen von einer unberechenbaren, unerreichten Gegenwart. Frauen, denen sie alles gegeben hatte, in die sie ihre ganze Kunst gelegt hatte, sie zu dem zu machen, was sie waren. Ausgerechnet an diesem Tag hatte er kommen müssen, sie stören müssen, sie vor den Spiegel zwingen müssen, ihr das Spiegelbild zumuten müssen. Keine Ausstrahlung, keine Anmut mehr. Hängendes Haar. Hängendes Fleisch. Eingerostete Glieder. Wie weh das tat! Was für eine Qual das war! Was für eine unmögliche Idee das war, am Boden zu sitzen, am Boden zu trinken!

Der Wein wird nicht reichen, sagte sie. Es sei immer dasselbe, wenn man trinken wolle. Immer wenn man trinken wolle, sei kein Wein im Haus. Man werde noch Wein brauchen, sagte sie, bis zum Abend, bis es Abend geworden sei, bis man an den Strand gehen könne. Mindestens noch eine Flasche, sagte sie. Am besten gleich zwei.

Sie hatte ihm eine Adresse genannt, ein Laden, von dem sie ihren Wein bezog. Sie hatte ihm das Geld gegeben für einen ganzen Karton. Sie hatte gesagt, sie könne nicht gehen, sie müsse noch arbeiten. Sie hatte ihm ein Restaurant empfohlen. Sie hatte die Küche gelobt. Ein ausgezeichneter Italiener, hatte sie gesagt, für den Fall, dass er Hunger bekäme.

Er hatte es unterlassen, von ihrem Geld essen zu gehen. An dem Restaurant war er vorbeigegangen. Noch einmal durch den Ort gegangen wie am Vormittag schon. Die vielen Touristen in den Straßen hatten ihn abgeschreckt. Der Ort hatte ihn angeödet. Nach einer Stunde war er zurückgegangen, um einen Blick auf das Meer zu werfen. Das Meer, das sie beschrieben hatte. Ein Text, aus dem sie ihm ein Stück vorgelesen hatte. Eine Auftragsarbeit, hatte sie gesagt. Ein Text, der noch nicht fertig sei, der noch im Entstehen sei. Für eine Zeitung, hatte sie gesagt.

Etwas über das Meer war es gewesen. Und über den Himmel über dem Meer. Sie hatte den Schaum beschrieben auf den Wellen, die Schaumkronen auf den Wellenkämmen beschrieben, das Übermaß an Weiß beschrieben, das Meer, das den Strand mit seinem Übermaß an Weiß umarmt. An die Formulierung konnte er sich erinnern. Sie hatte über das Meer bei Sturm geschrieben. Und über den verlassenen Strand geschrieben. Und immer wieder über ein Kind geschrieben, ein Kind, das ihr aufgefallen war. Sie hatte ihm von einem Mädchen erzählt, das sie beobachtet habe, das jeden Tag da gestanden sei, am Meer, immer ganz allein sei das Mädchen da gestanden, nie mit anderen Kindern zusammen, immer da, vor dem Meer sei das Mädchen gestanden, als habe es da, am Meer, vor dem Meer zum ersten Mal die Wahrheit ihres Lebens erkannt. Nur Kinder können das, hatte sie gesagt. Nur Kinder können das aushalten.

Das Meer war groß. An den Satz hatte er denken müssen. Er hatte daran denken müssen, was Tschechow gesagt hatte über das Meer. Man könne das Meer nicht beschreiben, hatte Tschechow gesagt. Kein Mensch könne das Meer beschreiben. Kein Schriftsteller könne wie ein Kind schreiben.

Sie hatte über den Regen geschrieben. Über den verregneten Sommeranfang geschrieben. Und über den Anblick der Regenjacken in den Straßen geschrieben. Und über die Möwen am Strand. Und über den Mord an Schleyer geschrieben, der schon drei Jahre zurück lag. Über das Verbrechen im Allgemeinen geschrieben. Und über die Eröffnung der Olympischen Spiele in dem Jahr. Über Moskau geschrieben und über eine große Enttäuschung, ihre große Enttäuschung über Frankreich, das sich am Boykott nicht beteiligt hatte. Sie hatte über Polen geschrieben. Und über Gdansk geschrieben. Über einen Hafen. Und über eine Werft geschrieben. Und über die Hoffnung, die von da gekommen war, aus einem polnischen Hafen, aus einer polnischen Werft herübergekommen war. Antifer hatte sie geschrieben an mehreren Stellen. Immer wieder das Wort Antifer geschrieben. Und immer wieder über das Meer geschrieben. Über das Meer bei jedem Wetter geschrieben. Und über die lächerlichen Rituale der Touristen. Das Reden über die Preise. Was ein Schinkensandwich koste und so. Und immer wieder über die neuesten Nachrichten geschrieben aus den Zeitungen. Nachrichten aus dem Iran. Und Afghanistan. Und Afrika. Über die hungernden Kinder Afrikas geschrieben. Schwierig, hatte sie gesagt. Sehr schwierig. Ein politischer Text.

Er hatte ihr gesagt, dass der Text wunderbar sei, dass das, was sie geschrieben habe, wunderbar sei, dass alles, was sie geschrieben habe, wunderbar sei. Dass er süchtig sei nach ihren Texten. Dass es ihm jedes Mal, wenn er einen Text von ihr gelesen habe, hinterher furchtbar schlecht gegangen sei. Dass er es nicht ausgehalten habe, das Aufhören der Sprache, die Leere danach. Er hatte die Sprache in den Himmel gehoben. Und sie gleich danach angelogen, als sie ihm das Geld gegeben hatte für den Wein, einen ziemlich großen Schein hatte sie ihm gegeben. Er hatte ihr gesagt, dass er sein Geld verloren habe, dass es ihm peinlich sei, nichts mehr zu haben. Später, im Supermarkt, hatte er vor dem Weinregal gestanden, nach dem Wein gesucht, den sie wollte, den Wein gekauft, einen ganzen Karton. Dann war er zurückgegangen zum Roches Noires, dem Haus am Meer, in dem sie wohnte. Allein wegen Proust, hatte sie gesagt, wohne sie im Roches Noires. Proust habe immer das Appartement Nr. 111 genommen, immer dasselbe Appartement mit Meerblick genommen, wenn er in Trouville war. Sie habe sich oft gefragt, wie der Mann das ausgehalten habe, wie der Mann das ertragen habe, keine Nacht zu schlafen. Sie fahre am liebsten im Winter ans Meer, hatte sie gesagt, oder im Herbst. Dann sei es erträglich. An manchen Abenden, im November, sei sie ganz allein da unten gesessen, im Salon, an einem der großen Fenster zum Meer hin.

Er war einmal um das Haus herumgegangen. Er hatte es von allen Seiten betrachtet. Wie ein Museumsstück stand es da, vor dem Meer, in der Pose der Anbetung erstarrt. Ein morbider alter Kasten, in dem die meisten Wohnungen schon leer standen. Er kam sich ein wenig komisch vor, als er die Eingangshalle betrat. Die ganze Zeit hatte er das Gefühl gehabt, von ihren Augen verfolgt zu werden. Ihre Augen hinter einer Kamera. Der ganze Ort eine Kinokulisse, ausgedacht für einen Film, in dem er mitspielte, in dem er eine Rolle hatte. Niemand hatte ihm gesagt, was für eine Rolle das war. Er sah sie vor sich, die Regisseurin des Films. Auch wenn es nur ein müder alter Kasten war, in dem sie sich inszenierte, ziemlich selbstherrlich überdies. Zweimal hatte sie ihn abgewimmelt, ihn lange warten lassen auf den Moment, empfangen zu werden.

Spät am Abend hatte sie ihn zu einer Fahrt eingeladen in ihrem Auto an einen anderen Ort am Meer.

Sie hatte ihn gefragt, ob er das Auto nicht fahren wolle. Sie hatte gesagt, sie liebe es, gefahren zu werden. Er hatte ihr gestehen müssen, dass er gar nicht fahren könne, dass er nicht einmal einen Führerschein besaß. Sie hatte darauf mit großer Entrüstung reagiert. Keinen Führerschein zu haben, sei ganz und gar unmöglich, hatte sie gesagt. Nichts im Leben müsse man gelernt haben. Aber einen Führerschein müsse man gemacht haben. Das erste, was man gemacht haben müsse, sei ein Führerschein. Er müsse unbedingt den Führerschein machen, hatte sie gesagt. Autos seien etwas ganz Wunderbares. Schon als Kind habe sie am liebsten unter einem Auto gelegen. Einer ihrer Brüder sei Automechaniker gewesen. Von dem habe sie die Leidenschaft.

Sie hatte einiges getrunken, sich dennoch ohne Bedenken hinter das Steuer gesetzt. Sie war ziemlich schnell gefahren, ziemlich riskant in den Kurven. Mehrere Male hatte sie zu blinken vergessen, als sie abgebogen war. Sie müssen blinken, hatte er gesagt. Sie haben zu blinken vergessen. Sie hatte ihn angeschaut, so von der Seite, mit einem hinreißenden Lächeln in dem Moment; vielleicht war es auch Spott gewesen. Sie hatte darauf bestanden, ihm die Lichter von Le Havre zu zeigen. Wie wunderschön das sei. Das Lichtermeer am Abend. Man müsse das gesehen haben. Man müsse schreien, so schön sei das. Ob er schreien könne, hatte sie gefragt. Oder singen. Ob er die Lieder der Piaf singen könne? Ob er La vie en rose singen könne? Sie hatte schon angefangen. Ihn immer wieder angeschaut. Ihn ermuntert. Ihn aufgefordert. Er sollte singen unbedingt, unbedingt mit ihr zusammen singen: La vie en rose. Irgendwann war es ihm zu albern geworden. Und auch zu gefährlich. Die Frau war unberechenbar. Sie hatte es sich in den Kopf gesetzt, ihn zum Singen zu bringen. Sie wäre gegen einen Baum gefahren, hätte er ihr nicht nachgegeben, nicht mitgesungen zuletzt. Am Anfang noch leise. Dann immer lauter. Am Ende hatte er beinahe gebrüllt.

Spät, in der Nacht, hatte er sie nach einem einfachen Hotel gefragt. Es sei alles voll um diese Zeit, hatte sie gesagt. Außerdem sei es ganz unmöglich, mitten in der Nacht, ohne Geld, noch ein Zimmer zu finden. Wenn er wolle, könne er im Zimmer ihres Sohnes schlafen.

Er hätte es nicht tun dürfen. Er hätte sich nicht darauf einlassen dürfen, die Nacht in ihrer Wohnung zu verbringen. Es war verrückt gewesen zu glauben, dass es sich damit erledigt hätte, dass er seine Ruhe haben würde vor ihr. Die Frau hatte es fertig gebracht, ihn zum Singen zu bringen. Die Frau hatte Unmögliches möglich gemacht. Mitten in der Nacht hatte sie am Bett gestanden, zu ihm ins Bett gewollt. Er wollte es nicht. Nicht das, was sie wollte. Nicht den Körper. Nicht den Mund. Nicht die Lippen. Was für ein Gedanke: zu ihr zu fahren, um sie kennen zu lernen, um mit ihr über die Bücher zu reden. Und über das Schreiben zu reden. Und über das Meer. Er hätte es wissen müssen. Er hätte eher gehen müssen, zu einem Zeitpunkt gehen müssen, als es noch möglich war.

Sie hatte es sich in den Kopf gesetzt. Es ihm auf den Körper geschrieben. Es ihm auf das T-Shirt geschrieben. Es ihm unter das T-Shirt geschrieben auf die Haut. Seine Haut, wie eine Seite in ihre Schreibmaschine gespannt. Unglaubliche Worte. Unglaubliche Sätze geschrieben in Kreisen, in Wellen, stark und schwach, an- und wieder abschwellend. Das Raunen der Worte nah an seinem Ohr. Der Singsang nah an seiner Ohrmuschel. Das war nicht mehr aufzuhalten. Das nahm sich sein Recht. Das war das Meer, das Meer in seiner Unendlichkeit. Diese Hände auf ihm. Diese schreibenden Hände auf ihm. Getragen von den Wellen. Umarmt von einem Übermaß an Weiß. Ihre Hände auf den Tasten seines Begehrens. Ihre Stimme nah an seinem Ohr dran. Hörst du es? Wie es näher kommt? Wie es stärker wird? Für einen Moment lang hatte er die Kontrolle verloren. Er hatte schreien müssen.

Er, ein Liebhaber, einer aus der Reihe von Liebhabern, die sie gehabt hatte. Vielleicht auch nicht gehabt hatte. Vielleicht nur Ausgeburten ihrer Fantasie. Liebhaber von überallher. Liebhaber wie Sand am Meer. Aus dem Norden. Oder aus dem Süden gekommen. Liebhaber in ihren Händen. Weich. Butterweich. Das Zimmer. Das Meer. Der Wein. Alles fein ausgeklügelt. Alles fein ausgedacht. Raffiniert inszeniert, wie alle Filme von ihr.

Ja, er hatte es gewollt. Ja, er hatte sie angerufen. Auf dem Treffen bestanden mit ihr. Er hatte sich etwas davon versprochen. Es war vielleicht sogar berechnend gewesen. Er hatte den Eindruck gehabt, sie brauche ihn. Diese Frau, hatte er gedacht, brauche jemanden. Er hatte es aus ihren Briefen entnommen. Die Briefe waren Hilfeschreie gewesen. Zwischen den Zeilen hatte sie ihn angefleht: Kommen Sie! Helfen Sie mir! Ich schaffe es nicht! Er hatte gedacht: Ist es denn möglich? Eine Frau wie sie? Von allen angebetet. Und so allein? So verlassen? So kläglich?

Sie hatte ihm geschrieben, dass sie Angst habe allein, in ihrem Haus. Sie hatte ihm das Haus beschrieben, in das sie sich manchmal zurückzog, manchmal monatelang, um zu schreiben, wenn es in Paris nicht mehr ging. Sie hatte ihm die Geräusche des Hauses beschrieben. Das Knacken der Balken in den Nächten. Das Knarren der Türen bei Wind. Den weitläufigen, unheimlichen Keller beschrieben unter dem Haus, vor dem es sie grauste. Sie hatte ihm ihre Angst beschrieben. Die Angst, erschreckt zu werden. Die Angst, überfallen zu werden, gequält zu werden, ausgeraubt zu werden. Er hatte sie vor sich gesehen in solchen Momenten. Gefangen in solchen Angstzuständen. Ein Bündel Angst in einer Ecke. Unfähig aufzustehen, um nachzusehen, um einem Geräusch nachzugehen. Vielleicht nur eine knarrende Tür? Oder ein Fenster, das aufgegangen war? Vielleicht nur der Wind? Er hätte es getan. Er wäre aufgestanden, dem Geräusch nachgegangen. Er hätte die Geräuschquelle abgestellt.

Auch er hatte Angst gehabt vor dem Moment, ihr gegenüberzutreten, von ihr gesehen, durchschaut zu werden. Ein Niemand in ihren Augen. Ein Nichts in der Welt. Ein Träumer ohne einen Glauben. Sein Traum, da würde noch etwas kommen, da wäre noch jemand, eine Person, die könnte alles leichter machen, alles weniger schwer. Und dann war der Brief angekommen. Es wäre dumm gewesen, es nicht zu tun, die Gelegenheit nicht wahrzunehmen, die Einladung nicht anzunehmen. Er hatte die innere Stimme gehört, die gesagt hatte: Fahr hin! Was hast du schon zu verlieren!

Er hatte alles auf eine Karte gesetzt. Er war zu ihr gefahren. Er hatte verspielt, in der Rolle versagt, die sie ihm auf den Leib geschrieben hatte vorher. Im ersten Moment hatte er nicht gewusst, was er machen sollte. Ob er gehen sollte. Oder bleiben sollte. Er hätte zurückfahren können. Er hätte sich an die Straße stellen können. Irgendjemand hätte ihn schon mitgenommen.

Er hatte es nicht getan. Er war geblieben. Zum ersten Mal im Leben hatte er nicht sofort an Flucht gedacht. Er hätte nicht gehen können ohne ein Wort, ohne ihr noch etwas zu sagen. Lange hatte er an der Tür zu ihrem Zimmer gestanden, lange gezögert, sie anzusprechen. Er hatte sie da sitzen gesehen an ihrem Schreibtisch, regungslos. Von fern hatte er das Meer gehört. Ein leichtes Grollen. Eine Zeit lang hatte er sich in der Vorstellung verloren, noch einmal wie das Kind am Meer, wie das Kind vor der

Wahrheit zu stehen. Und dann sah er sie. Auf einmal sah er das Zittern. Das Frieren. Er sah, dass die Frau zitterte, dass die Frau fror.

Er war sofort losgeschossen, ihr eine Decke zu holen, ihr eine Decke zu bringen, sie in eine Decke zu wickeln. Dass sie etwas Warmes brauche, sagte er. Dass er Kaffee machen würde für sie. In der Küche fand er alles sofort. Die Packung mit dem Kaffee. Und die Milch. Und den Topf zum Aufwärmen der Milch. Und eine angebrochene Packung mit Zwiebäcken fand er auch noch irgendwo. Er nahm ein paar Zwiebäcke für sie. Er strich Butter darüber. Er nahm nur wenig Butter. Sie hatte gesagt, sie vertrage kein Fett. Er machte alles sehr sorgfältig, mit ruhiger Hand. Nichts schwappte über, als er mit dem Tablett in der Hand vor ihr stand.

Trinken Sie, sagte er. Auf einmal war es so einfach, es so zu sagen. Es so zu sagen, wie es war. Und dass es gut so war, wie es war. Dass alles Komplizierte auf einmal verschwunden war. Alle die schweren Gedanken, die er mitgenommen hatte zu ihr. Warum denn nicht ihr Kaffeekocher, ihr Weinholer, ihr Mädchen für alles sein? Und, wenn sie wollte, auch noch ihr Sekretär, der, der ihr die Texte abtippen würde. Nach dem ersten Mal auch noch ein zweites

Mal abtippen würde. Und dann noch einmal alles abtippen würde. Und sie stünde schon wieder mit einer
neuen Fassung in der Tür, als würde es in einem Text
allein auf ein Wort ankommen. Und schließlich auch
noch ihr Chauffeur, der, der sie fahren würde, nach
Paris. Und von Paris wieder ans Meer. Und hin und
her, wenn sie gefahren werden wollte. Aber vielleicht
wollte sie es gar nicht mehr?

Die Gesetze des Marktes

Der Film war nichts, wird sie sagen. Ein hübsches, nichtssagendes Gesicht, wird sie sagen. Das Gesicht einer Schauspielerin. Wenn es nach ihr gegangen wäre, hätte das Mädchen anders aussehen müssen, so aussehen müssen wie eine dieser Puppen vielleicht, die man gefunden hätte, auf einem Dachboden vielleicht, in einer Ecke, die schon eine Ewigkeit lang so dagelegen hätte, so unbeachtet und ohne die geringste Hoffnung auch, dass jemand kommen würde, sie aufheben würde, sie mitnehmen würde, sie befreien würde aus der Vergessenheit. So wie sie ausgesehen hatte. In dem Kleid, das sie getragen hatte. Und das war wahr. Das Kleid war nicht aus Seide gewesen. Das Kleid war aus einem Stoff gewesen, aus dem wurden in der Gegend die Säcke für den Reis genäht.

Man hätte es sofort sehen müssen, dass das Mädchen arm war. Und dass darin auch eine Verzweiflung war. Denn es war doch eine Verzweiflung darin, ein Kleid tragen zu müssen, das nichts war. Und auch aus einem Nichts noch etwas machen zu müssen, wenn dahinter gleich das Sterben kam. Und dass das alles von dieser Mutter herkam. Und dass auch das Kleid von dieser Mutter herkam. Und dass das Mädchen sich einen Lederriemen genommen hatte, das Kleid damit in Form gebracht hatte. Auf den Lederriemen in der Taille hätte man sofort schauen müssen. Und auch auf die Schuhe hätte man schauen müssen, die das Mädchen trug. Goldlaméschuhe, hatte sie geschrieben, waren es. Schuhe, die schon lange aus der Mode waren. Schuhe, die ihr nicht einmal gepasst hatten. Tanzschuhe waren es, ein Paar, das die Mutter getragen hatte in ihren besten Tagen, zu einer Hochzeit, vielleicht auch zu einer anderen Gelegenheit. Billige Ladenhüter, hatte sie geschrieben, waren es. Ein bisschen Flitter an den Füßen. Und einen Lumpen von Kleid auf der Haut. Und einen Hut auf dem Kopf. Und eigentlich ganz unmöglich, wie das Mädchen da ausgegangen war, wie sie sich da auf der Fähre präsentiert hatte in dem Kleid und mit den Schuhen an den Füßen und dem Hut auf dem Kopf, unter dem noch die Zöpfe zu sehen waren. Die steif geflochtenen Zöpfe eines Kindes, mit dem Lächeln der Unschuld im Gesicht. Und gleichzeitig schon so abgebrüht. Die Lippen rot angemalt. Und ohne jede Erfahrung, wie man das macht, wie man das machen muss. Und gerade das war es, die Art und Weise wie sie die Sachen getragen hatte und wie sie sich in den Sachen bewegt hatte, die Selbstverständlichkeit, mit der sie sich den Blicken preisgegeben hatte, sich ausgestellt hatte, hingestellt hatte auf den Markt.

Das Mädchen war ausgestiegen, als der Bus an der Fähre angekommen war. Im Bus hatte sie wie immer auf dem Platz neben dem Busfahrer gesessen, dem Patz, der weißen Reisenden vorbehalten war. Sie war die einzige Weiße gewesen, die einzige im Bus, die ihren Platz verlassen hatte. Alle anderen Reisenden waren im Bus sitzen geblieben. Als das Schiff losgefahren war, war sie an die Reling getreten. Dort, an der Reling, hatte sie gestanden, über das Geländer gebeugt und auf das Wasser geschaut, auf die Strömung, die an der Stelle sehr stark war.

Sie hatte es viele Male so erlebt auf ihren Fahrten in die Stadt, wo sie zur Schule gegangen war, wenn der Bus mit der Fähre über den Fluss gefahren war.

Und bei den Abreisen nach Frankreich aus einem der großen Häfen Asiens, an der Reling anderer Schiffe stehend, auf den Wasserspiegel blickend oder die Szenen von den Schiffen und den Landungsstegen betrachtend, sich ins Gedächtnis einprägend. Das letzte Schiff, mit dem sie gefahren war, war ein großer Überseedampfer gewesen. Vierundzwanzig Tage hatte sie auf dem Schiff verbracht. Vierundzwanzig Tage jeden Tag auf das Wasser geblickt. Mit dem Schiff hatte sie die Kolonie verlassen. Sie wird nicht mehr zurückkehren nach Asien. Nur in Gedanken, in ihren Büchern wird sie zurückkehren. Die meisten ihrer Bücher werden in Asien, in den Sümpfen und am Meer, in dem schwülen, heißen Klima Asiens spielen. Und auch an den jungen Mann wird sie sich erinnern, der sich umgebracht hatte auf der Überfahrt, der auf halber Strecke zwischen Europa und Asien ins Wasser gesprungen war. Der junge Mann war erst siebzehn gewesen, genauso alt wie sie zu dem Zeitpunkt. Sie hatte ihn springen gesehen. Sie hatte ihn nicht zurückgehalten. Einen Selbstmörder kann man nicht zurückhalten, wird sie sagen. Wenn einer springen will, springt er. Der junge Mann war gesprungen, ganz in ihrer Nähe war es geschehen. Sie hatte ihn nicht mehr gesehen danach.

Eine Szene im Hafen hatte ihre besondere Aufmerksamkeit erregt. Sie hatte die Frau gesehen, die wie sie an die Reling getreten war. Die Frau hatte dagestanden, über die Reling gebeugt, und auf das Wasser geschaut. Und auf das geschäftige Treiben auf dem Landungssteg geschaut, auf die vielen großen und kleinen Szenen, die Unruhe der Leute, die Gesten, die Reden, einzelne Wörter, klar und deutlich, die surreale Akustik in solchen Momenten, das Stillstehen der Zeit. Sie hatte auch den Mann gesehen, der in einem schwarzen Auto sitzen geblieben war hinter heruntergekurbelten Jalousien, vor neugierigen Blicken verborgen, ein Schatten, gekommen, um Abschied zu nehmen. Es werden immer wieder diese Abschiedsszenen sein, die ihr begegnen. Der Augenblick, wenn etwas zu Ende geht, wenn zwei Menschen sich trennen, wenn eine Liebe zu Ende geht, wenn die Liebenden im Begriff sind, sich aus den Augen zu verlieren. Die Abgründe, die sich dann auftun. Die Bühne, auf der die Gesten vieldeutig werden, auf der die Zeit sich ins Unendliche dehnt.

Sie hatte den Blick der Frau gesehen zu dem schwarzen Auto hinüber. Vielleicht war der Blick nur ein wenig zu lang gewesen, um ihn als beiläufig abzutun, ihn als einen zufälligen, ziellosen, umherschweifenden Blick unter anderen zu deuten. Sie hatte gesehen, dass da etwas vorgegangen war zwischen der Frau und dem Mann, dass die Frau und der Mann etwas gehabt hatten, ein Verhältnis, das im Begriff war, auseinander zu gehen. Die Dramatik war ihr nicht entgangen. Und die Endgültigkeit in dem Moment. Die beiden, die sich da, im Fenster eines schwarzen Autos, für eine Sekunde getroffen hatten. Dann war das Auto weggefahren.

Das Auto hatte ihr gefallen. Eine seltene Marke war es. Ein schwarzer Léon-Bollée war es. Sie kannte sich aus in Automarken. Den schwarzen Léon-Bollé wird sie im Gedächtnis behalten. Sie wird sich an ihn erinnern. Der schwarze Léon-Bollée wird das Auto des Liebhabers werden. Sie wird schreiben, der Mann in dem schwarzen Léon-Bollée, der wie das Mädchen mit der Fähre gefahren war, habe das Mädchen angesprochen, er habe sie gefragt, ob sie einsteigen wolle, mitfahren wolle in die Stadt. Sie wird schreiben, der Mann wird der Liebhaber des Mädchens werden. Sie wird schreiben, der Mann wird dem Mädchen Geld geben dafür. Das Mädchen wird das Geld nehmen. Das Mädchen habe das tun müssen, wird sie schreiben. Das Mädchen habe keine Wahl gehabt. Das Mädchen habe genug gehabt von der

Armut, genug von den jämmerlichen Zuständen, den jämmerlichen Kleidern.

Sie hatte die Armut kennen gelernt. Manchmal war es ganz schlimm gewesen. Die Mutter war eine Verrückte gewesen. Sie hatte das ganze Geld in verrückte Projekte gesteckt. Sie wird über die verrückten Projekte der Mutter schreiben. Immer wieder wird sie das tun, den verrückten Damm gegen das Hochwasser, gegen die verheerenden Fluten beschreiben, den verzweifelten Kampf beschreiben, den die Mutter geführt hatte, gegen das Meer und gegen die korrupten Kolonialbeamten und die Süchte des älteren Bruders, die kostspieligen Süchte eines Verbrechers, wird sie schreiben. In ihrem Schreiben wird sie den Bruder zu einem Verbrecher machen, der mit der Mutter unter einer Decke gesteckt habe. Sie wird es nie verstehen, warum sich die Mutter immer wieder in diese verrückten Projekte verstricken musste, sich mit den verrückten Projekten total ruinieren musste. Sie wird die Mutter hassen dafür. Und gleichzeitig wird sie sie bewundern. Aber verstehen wird sie es nie. Sie wird sagen, die Mutter habe Hilfe von ihr, der Tochter, erwartet. Die Mutter habe diesbezüglich alle Hoffnungen in sie gesetzt. Sie habe eine Eins gehabt in Französisch. Sie sei die Beste gewesen in Mathematik. Beide Brüder seien nicht fähig gewesen, der Mutter beizustehen. Der ältere habe schon aus Hochmut jede Arbeit abgelehnt. Und der jüngere habe immer nur unter den Autos gelegen, für nichts anderes Interesse gezeigt. Da sei nur noch sie übrig geblieben, wird sie sagen. Von Anfang an habe sie sich verkaufen müssen. Auch später als Schriftstellerin. Und als Filmemacherin. Und an jedes Theater. Alles sei Prostitution, wird sie sagen. Sie habe Mathematik studiert. Sie kenne sich aus in den Gesetzen des Marktes. Das sei nun einmal so, wird sie sagen. Man wird es nicht ändern. Man muss sich abfinden, dass das so ist. Und dass das so bleiben wird. Man muss seinen Wert kennen.

Das Mädchen war noch sehr jung, wird sie schreiben. Erst fünfzehneinhalb, wird sie schreiben. Das Mädchen hatte das Auto gesehen. Sie hatte den Mann gesehen, der im Auto saß. Sie hatte den Ring gesehen an der Hand von dem Mann. Mit der Präzision einer Filmkamera hatte sie das alles gesehen. Sie hatte auch gesehen, dass der Mann sie gesehen hatte, dass der Mann auf sie aufmerksam geworden war.

Er war kein Weißer, wird sie schreiben. Er war ein Chinese. Sein Vater war einst wie ihr Vater in die Kolonien gekommen, in den Kolonien reich geworden, sehr reich, anders als ihr Vater, der in den Kolonien krank geworden war, sehr krank, derart krank, dass er zurückgehen musste nach Frankreich, Frau, Kinder, Haus, alles, was er besaß, verlassen musste, um in Frankreich zugrunde zu gehen.

Er trug die helle Tussahseide der Bankiers von Saigon, wird sie schreiben, während sie das Mädchen in billigen Ladenhütern auftreten ließ, in einem abgetragenen Kleid und mit unmöglichen Schuhen an den Füßen gehen ließ. Eine bewusst zur Schau gestellte Armut, wird sie schreiben. Eine Wahl des Geistes, wird sie schreiben. Sie wird dem Mädchen schon das hochmütige Lächeln einer Intellektuellen zuschreiben.

Sie wusste, dass sie etwas Besonderes war. Sie hatte eine Eins in Französisch! Sie war die Beste in Mathematik! Sie wusste, dass sie Schriftstellerin werden würde, dass sie Bücher schreiben würde. Die Mutter hatte andere Pläne mit ihr. Sie sollte etwas Vernünftiges studieren. Sie sollte die Zahlen studieren. Sie sollte sich ihre Chancen ausrechnen können auf dem Markt. Die Kleine sollte aufhören zu träumen. Eine Schriftstellerin, ausgerechnet sie! Ausgerechnet sie, Bücher schreiben! Was für Bücher sie denn schreiben würde, fragte die Mutter sie. Bücher über die Liebe, sagte sie. Bücher über das Leben, sagte sie! Über das Leben der Frauen!

Über eine Bettlerin wird sie schreiben, die durch die Wildnis irrt. Und über die Frauen der höheren Kolonialbeamten wird sie schreiben, Frauen, die Liebhaber haben, die helle Augen haben, Augen, die gegen das Licht empfindlich sind. Über Haut wird sie schreiben. Haut so weiß wie Schnee. Sie wird über das Meer schreiben. Und über die Liebe. Und über die Einsamkeit, die in der Liebe ist. Und über die Verzweiflung, die in der Liebe ist. Sie wird über eine Frau schreiben, die sich an ihrem Kind vergeht. Über ein Verbrechen schreiben, das niemand versteht. Sie wird über Orte schreiben. Und über Häuser schreiben. Und über den Alltag schreiben. Und immer wieder über das Schreiben schreiben. Das Schreiben, das niemand versteht.

Einen Ring wollte sie haben. Einen richtigen Diamanten an der Hand. Viele Ringe an der Hand. Sie hatte den Mann gefragt, ob sie ihm einen Ring wert sei. Sie wird sich einen Ring schenken lassen von ihm. Sie wird den Ring der Mutter zeigen. Die Mutter wird sagen: Der ist einiges wert! Der Bruder wird ihr den Ring wegnehmen. Er wird den Ring zu Geld machen. Das Geld wird er verspielen. Die Mutter wird es sich ansehen. Sie wird der Tochter nicht beistehen. Niemals wird sie der Tochter beistehen.

Das Mädchen ist ein Flittchen, wird die Mutter sagen. Auf die muss man aufpassen. Auf die muss man ein Auge haben. Sie wird ihrem Sohn sagen: Du musst ihr die Leviten lesen. Sie wird sagen, das Mädchen gehorche ihr nicht mehr. Sie macht, was sie will. Die Mutter wird sie nach Frankreich schicken, nach Paris. In Paris wird sie Mathematik studieren, so wie die Mutter es will. Sie wird sich dem Willen der Mutter beugen. Nach dem Studium wird sie in den Staatsdienst eintreten. Sie wird heiraten. Sie wird einen Mann haben. Sie wird einen Liebhaber haben. Und dann wird der Krieg kommen. Der Krieg wird sie verändern. Der Krieg wird alles verändern. Im Krieg wird sie ihr erstes Buch schreiben. Das Buch wird ein Erfolg werden. Sie wird berühmt werden. Aus Marguerite Donnadieu, der Tochter eines Kolonialbeamten, der Tochter einer Lehrerin, wird die Duras werden.

Die Mutter hatte gesagt: Nicht unter meinem Namen! Sie wird das Buch nicht lesen. Kein Buch lesen von ihr. Die hat ja überhaupt kein Talent, wird sie sagen. Die macht ja alles nur schlecht. Die ganze Familie hat sie in den Schmutz gezogen. Sie wird das

Buch verfluchen. Sie wird die Tochter verfluchen dafür. Sie wird sie aus dem Haus jagen. Sie wird sagen: Ich will dich nicht mehr sehen! Die Mutter war verrückt, wird sie schreiben. Die Mutter habe immer nur hinter dem Bruder gestanden. Er war ihr Liebling. Ihr Schönling. Ihr Ein und Alles. Die anderen Kinder seien ihr gleichgültig gewesen. Den jüngeren Bruder habe sie vernachlässigt, ihn einfach so sterben lassen in Asien.

Eine Zeit lang wird sie es abstreiten. Sie wird es nicht zugeben. Sie wird es verurteilen. Sie wird es ebenso verurteilen, wie sie den Selbstmord verurteilen wird. Sie wird sagen: Man darf das nicht tun! Man darf die Rassen nicht vermischen! In ihrem ersten Buch wird sie ein Loblied singen auf den imperialistischen Kolonialstaat Frankreich. Später wird sie sich schämen dafür. Sie wird sagen, es war eine andere, die das geschrieben hat, die Tochter einer Lehrerin, die Tochter eines Kolonialbeamten, eine Donnadieu war das.

Der Krieg hatte kommen müssen. Der Schmerz hatte kommen müssen. Verluste hatten kommen müssen. Trennungen, Niederlagen. Das Schweigen hatte kommen müssen. Die kalte Hochzeit mit dem Tod. Das erste Kind eine Totgeburt. Das erste Buch eine Totgeburt. Der Tod des jüngeren Bruders hatte kommen müssen in Asien. Auschwitz hatte kommen müssen. Die Verschleppung Antelms nach Deutschland. Morland hatte kommen müssen. Und der Widerstand. Das nackte Überleben, die große Schamlosigkeit, die große Erschütterung im Glauben, die große Abrechnung ohne Moral. Auschwitz hatte keine Moral. Und Hiroshima. Und das Napalm über Vietnam. Und das Meer. Und der Himmel über Asien. Und die Kolonialbeamten mit ihren betrügerischen Geschäften. Und der nichtsnutzige Bruder, dieser Schläger.

Er hatte sie geschlagen. Er hatte sie einen Bastard genannt. Eine hässliche, kleine Kröte. Eine Missgeburt. Er hatte gesagt, so wie die aussieht! Kein Mann wird sie nehmen! Zum Teufel mit ihr! Und die Mutter hatte keinen Finger gerührt. Und immer nur herumgenörgelt an ihr. Mach ein freundliches Gesicht! Zieh den Kopf nicht so ein! Warum, um Gottes willen, ist dieses Mädchen nur so klein!

Sie hatte aufgehört zu wachsen. Mitten im Wachstum hatte sie aufgehört damit. Da war sie gerade dreizehn gewesen. Da war schon alles vorbei. Da hatte die Flut schon alles vernichtet. Da war die Konzession schon untergegangen. Eine ganze Ernte den Bach runtergegangen, im Meer versunken.

Sie hatte sich gesagt, der erstbeste Mann, der auf sie zukommen würde, der sie ansprechen würde, der sie nehmen würde. Der Mann war auf sie zugekommen, nachdem er sie eine ganze Zeit schon angeschaut hatte, so angeschaut hatte, wie man ein Auto angeschaut hätte oder ein Pferd, wie ein Rennpferd oder ein Auto, das zu kaufen er sich entschlossen hatte. Mit dem sachlichen Blick eines Geschäftemachers war er an ihren Tisch gekommen. Er hatte die Mutter gefragt, ob er tanzen dürfe mit ihr. Die Mutter hatte ihn von oben bis unten angesehen. Er war gut gekleidet. Das hatte sie sofort gesehen. Der Anzug war maßgeschneidert, ein teurer Stoff. Und auch den Ring an der Hand hatte sie gesehen. Sie hatte sofort gesehen, dass der Mann ein Vermögen am linken kleinen Finger getragen hatte. Die Mutter war einverstanden gewesen. Sie hatte der Tochter gesagt: Geh tanzen mit ihm!

Er hatte Pockennarben im Gesicht. Und schlechte Zähne im Mund. Nicht einmal Tanzen hatte er können. Mehrere Male war er ihr auf die Füße getreten. Ihr war das peinlich gewesen, dass alle es gesehen hatten, sie gesehen hatten mit einem Chinesen, einem Spieler, der obendrein Opium nahm. Die Mutter hatte gesagt: Da ist nichts dabei. Der will sich nur ein bisschen amüsieren. Der will seinen Spaß haben. Warum soll man ihm den Spaß nicht gönnen. Du musst es geschickt anstellen. Du musst ihn an die Leine nehmen. Du bist eine Weiße. Du bist mehr wert als er.

Sie hatte den Affen gesehen vom Bruder, wenn er sich auf der Veranda befriedigt hatte. Sie hatte nichts darüber gewusst. Niemand hatte sie über die Dinge aufgeklärt. Sie hatte den Bruder gefragt. Der hatte sie nur ausgelacht. Sie war vollkommen ahnungslos gewesen. Und dann war der Chinese gekommen. Und hatte ihr Geld versprochen. Ihr jedes Mal mehr Geld versprochen dafür. Sie waren doch so arm gewesen. Und ständig waren diese Geldverleiher ins Haus gekommen, immer so lange sitzen geblieben, bis sie ihr Geld bekommen hatten.

Sie hatte gesagt: Einmal, nur ein einziges Mal. Er hatte ihr Geld gegeben dafür. Er hatte sie sich gekauft. Die ganze Familie hatte er sich gekauft. Den kleinen Bruder für seine Autos. Den großen Bruder für die anderen Geschäfte, die Opiumgeschäfte und so. Und die Mutter hatte daneben gesessen mit ihrer Tasche. Ständig hatte sie die Tasche dabei gehabt, in der die Schuldscheine waren. Ständig hatte sie die Tochter an die Schuldscheine erinnert. Sie ständig ermahnt: Vergiss die Schuldscheine nicht!

Er hatte eine höhere Eleganz an sich, wird sie schreiben. Er hatte eine schöne, makellose Haut. Und dass er feinfühlig war, wird sie schreiben, nicht so roh wie der Bruder war. Er hatte schöne Hände, wird sie schreiben. Die Hände eines Klavierspielers, die Hände eines Künstlers. Er war in Paris gewesen. Er hatte Paris kennen gelernt. Er hatte ihr von Paris erzählt, von seinem Leben dort, die Orte beschrieben, wo die Künstler sich trafen, auf dem Montmartre, in den Cafés.

Das Mädchen habe es gewollt, wird sie schreiben. Das Mädchen habe den Mann aufgefordert dazu. Sie habe gesagt, dass er es machen solle mit ihr. Er sei der erste Mann gewesen, wird sie schreiben, der erste Mann, der dem Mädchen Lust gemacht habe darauf. Sie wird dem Mädchen, das da ausgezogen war, einen Liebhaber zu finden, schon das Gesicht der Lust zuschreiben.

Sie hatte den Affen gesehen. Sie hatte den Bruder gesehen. Sie hatte sich selbst gesehen, allein, vor dem Spiegel. Sie hatte die Mädchen gesehen in der Schule. Die Frauen gesehen in den Straßen Saigons. Sie hatte die Häuser gesehen in den berüchtigten Gegenden. Die Häuser, die man Freudenhäuser nennt. Sie hatte den Raum des Begehrens, den großen Augenblick des Überflusses schon geahnt. Beim ersten Mal hatte sie es nur geahnt. Sie hatte noch nicht so geschrien wie später in den Armen anderer Liebhaber.

Sie hatten es im Auto gemacht, nicht in jenem Bett, in jener Wohnung, im chinesischen Viertel Saigons, auf die Schnelle möbliert, wird sie schreiben. Modern, wird sie schreiben, auf der Grenze gelegen zwischen dem alten Chinesenviertel und den großen, breiten Straßen im amerikanischen Stil. Sie wird schreiben, ob man sich liebe oder nicht liebe, es sei immer schrecklich danach.

Sie wusste, dass sie schwanger war. Der Arzt, zu dem sie gegangen war, hatte ihr auf den Kopf zu gesagt, dass sie es war, dass sie ein Kind bekommen würde. Die Mutter hatte ein fürchterliches Geschrei angefangen, sofort gesagt, dass der Chinese sie heiraten müsse. Der Chinese hatte nicht im Traum daran gedacht. Eine Heirat mit einer Weißen war für ihn nicht in Frage gekommen. Die Mutter war sehr wütend geworden auf ihn. Was der sich einbildet! So einfach kommt er nicht davon! Dafür wird er bezahlen! Die Reise nach Frankreich bezahlen. Den Aufenthalt. Nur Frankreich kam in Frage dafür. Alle Frauen fuhren deswegen nach Frankreich. Zu keinem ein Sterbenswörtchen, hatte die Mutter gesagt. Der Bruder hatte eine Adresse ausfindig gemacht in Paris. Sie hatte zum ersten Mal Paris gesehen. Es war nur ein kurzer Aufenthalt gewesen in einer Klinik. Sie hatte Angst gehabt, große Angst. Sie hatte den Schmerz gefürchtet.

Sie hatte an das Geld gedacht, an den Ring gedacht, an ein Auto gedacht, so groß und bequem wie ein Schiff, an ein Leben in Paris, an etwas anderes dabei gedacht als daran. Den Chinesen hatte das traurig gemacht. Sie hatte die Traurigkeit gesehen in seinem Gesicht, in seinen Augen, den Gesichtsausdruck gesehen, den Blick.

Sie wird sich an den Blick erinnern. Immer wieder wird sie sich an den Blick erinnern. Sie wird es nicht vergessen. Niemals. Sie wird sich die Bilder ins Gedächtnis zurückrufen, unentwegt diese Bilder im Kopf haben aus Dachau und Buchenwald. Die Haarberge. Die Schuhberge. Die Knochenberge. Alles zu Bergen aufgetürmt. Die traurigen Augen Antelms. Die traurigen Augen eines Juden. Sie wird es sich nicht verzeihen. Sie wird gegen das Unrecht anschreien, das Unrecht der Rassen, das Unrecht der Klassen. Sie wird Kommunistin werden. Sie wird Mitglied der KPF werden. Sie wird sagen: Man muss etwas tun! Sie wird in den Widerstand eintreten. Sie wird gegen die Deutschen kämpfen. Sie wird keine Gnade vor Recht gelten lassen. Sie wird sich für alles rächen. Nach dem Krieg wird sie einen Kollaborateur bis an den Galgen bringen.

Sie hatte sich verändert, nachdem sie aus Frankreich zurückgekehrt war. Der Mutter und dem Bruder war sie wie umgedreht erschienen. Sie hatte sich nicht mehr herumgetrieben, sich nur mehr auf die Schule konzentriert. Sie hatte sich vorgenommen, einen möglichst guten Abschluss zu machen. Sie hatte es der Mutter versprochen. Die Mutter hatte gesagt: Du hast keine Wahl! Du kannst es dir ausrechnen! Die Mutter hatte Recht. Sie war eine, die unten durch war, die nichts mehr wert war auf dem Markt.

Schon mit dem ersten Buch hatte sie alles erreichen wollen, was zu erreichen war. Sie hatte das Geschriebene sofort gedruckt sehen wollen auf dem Markt. Sie hatte gedroht, sich umzubringen, als der Verleger gezögert hatte, als er den Wert ihres Textes angezweifelt hatte. Sie hatte kurz vor dem Selbstmord gestanden. Sie wäre gestorben beinah. Für jedes Buch, das sie geschrieben hatte, gestorben. Auch für den Chinesen beinah. Und als sie das Buch geschrieben hatte, noch einmal.

Zur Unsterblichkeit gegangen

Er hört sie. Er hört sie immer noch. Er kann sie nicht loswerden, nicht vergessen. Die Stimme spricht. Es ist verrückt. Es hat ihn verrückt gemacht. Sie hat ihn verrückt gemacht mit ihrer Stimme, ganz nah am Ohr dran. Sie hat ihn im Griff mit ihren Worten und Sprüchen und Kommentaren, ganz nah am Ohr dran. Sie kontrolliert, sie zensiert, sie kommentiert seine Gedanken. Eigentlich glaubt er es nicht. Dass so etwas möglich ist. Dass es so etwas gibt. In Besitz genommen zu werden von einer Stimme, von einer Stimme besetzt, der keine Stille, kein Schweigen heilig ist, die schon im nächsten Moment das Schweigen brechen wird, die Stille zerreißen wird, wenn sie wieder spricht.

Sie hat es sich in den Kopf gesetzt, dass es weitergeht, auch über den Tod hinaus noch weiter. Dass man fortfährt, sich Dinge zu sagen, sich Dinge einzugestehen, die wichtig sind, oder auch nicht. Dass man sich zum Beispiel jeden Morgen ein und dieselbe Frage stellt. Dass man einander fragt: Wie haben Sie geschlafen? Oder dass man sich an einem Wort festhält, an dem ersten Wort festhält, das einem durch den Kopf geschossen ist. Und dass man sich dann diese Worte zuspielt. Dass man sich gegenseitig diese Stichworte gibt. Dass man mit den Worten Federball spielt. Und immer das gleiche Spiel spielt. Und dass das schon früh am Morgen losgeht. Und dann weitergeht den ganzen Tag. Und auch in der Nacht noch weitergeht. Auch im Schlaf noch die Bälle aufschlägt und das Spiel spielt und sich die Dinge sagt.

Und immer gesagt, dass es Liebe war. Immer hat sie von Liebe geredet. Alles immer groß geredet, alles immer noch größer geredet, als es war. Die Liebe. Und den Alkohol. Und das Meer. Und ein Kind, das am Meer steht und das Meer betrachtet. Und die Macht. Auch die Macht noch größer gemacht. Ihre Macht über das Schreiben. Ihre Macht über ein Blatt Papier noch größer gemacht. Und über Gott. Ja, zuletzt hat sie auch Gott noch größer gemacht. Und das Rot einer Rose noch röter gemacht. Und das Blaue eines Himmels noch blauer. Und immer übertrieben. Und über das andere hinweggeschwiegen, das auch da war, in jedem Satz, zwischen die Zeilen geschrieben, in jedes Ich-liebe-Sie eingraviert.

Und immer nur von Liebe geredet. Und diese Liebe von Anfang an schon verraten. Und immer gesagt: Schauen Sie sich an! Sie sind nichts! Sie zu lieben, ist unmöglich! Sie können nicht einmal gut tippen! Immer machen Sie Fehler beim Tippen! Es ist nicht auszuhalten mit Ihnen. Schickt man Sie fort, kommen Sie wieder. Fragt man Sie etwas, stellen Sie sich taub. Sie gehen an allem vorüber. Sie sind von nichts beeindruckt. Was sind Sie nur für ein Mensch!

Er hat ihr nicht widersprochen. Er hat zu allem Ja und Amen gesagt. Sich jedes Widerwort verkniffen. Den Mund gehalten. Die ganze Zeit geschwiegen. Fünfzehn Jahre lang geschwiegen. Fünfzehn Jahre lang ihr das Terrain überlassen, das Spielfeld der Sprache, den höchsten Trumpf in der Hand. Und ihr die Bälle zugespielt. Und ihr zugehört, mehr oder weniger geduldig. Meistens war er geduldig, wenn sie arbeitete, wenn sie schrieb. Er, an Ihrer rechten Seite sitzend, hinter der Schreibmaschine. Ihr Zuhörer. Ihr Sekretär. Ihr Mädchen für alles. Er hat es zugelassen, sie von Liebe reden lassen, ihr keine andere Wahrheit entgegengesetzt. Er hätte ja sagen können, einmal: Hören Sie! Sie haben da noch etwas vergessen!

Es war nicht alles. Es war nicht die ganze Geschichte. Nie ist etwas die ganze Geschichte. Nie ist etwas ganz wahr. Es war ihre Geschichte. Sie hat die Geschichte erzählt. Immer wieder dieselbe Geschichte erzählt. Sie brauchte nur ein Wort zu sagen und er wusste schon, wie es weiterging. Von Anfang an hatte sie das im Sinn, ihn in die Sprache zu ziehen, den Unterschied aufzuheben, das Spiel bis an die Grenze zu treiben, es bis auf die Spitze zu treiben, es so weit zu treiben, bis ihre Sprache ganz über seiner lag. Zwei Sprachen, die übereinander lagen, die einen Text machten. Einen Text über die Liebe. In der Sprache der Liebe geschrieben, in der Sprache geschrieben, die sie sprach.

Und auf einmal war sie nicht mehr da. Er war zurückgeblieben, ohne ihre Gegenwart. Auf einmal verlassen von ihr. Eine Hand, der der Kopf fehlte, die kopflos geworden war, sprachlos geworden war, die zurückgeblieben war, allein in der Wohnung, aus der sie entfernt worden war, aus der man sie hinausgetragen hatte in einem Sarg. Und er wusste nicht wie und was. Er konnte nicht weinen, nicht lachen.

Er fühlte nichts. Er lag auf dem Bett. Er rauchte. Er trank. Wochenlang, monatelang machte er nur das. Nur Rauchen. Und Trinken. Und auf dem Bett liegen. All diese Dinge, die man tut aus Verzweiflung. Das Rauchen aus Verzweiflung. Das Trinken aus Verzweiflung. Und auf dem Bett liegen aus Verzweiflung. Und auch das Schreiben aus Verzweiflung. Ihr Schreiben, wenn sie verzweifelt war. Und er lag nur auf dem Bett, umgeben von einem Meer aus Flaschen und Korken und Kippen und Zeit. Wochen, Monate, die vergangen waren, ohne dass jemand etwas gesagt hatte zu ihm, ohne die Reden von ihr. Und die Wohnung schon nach ein paar Tagen eine Müllhalde geworden. Und er ungewaschen und unrasiert und vom schlechten Essen, vom Alkohol aufgeschwemmt. Ein verkommenes Subjekt. Ein Mistkerl. Und was nicht noch alles. All diese Worte, die sie gesagt hatte zu ihm. Und es stimmte ja auch. Sie hatte ja recht, wenn er in den Spiegel sah, wenn er sah, was aus ihm geworden war. Und keine Kraft, dem Untergang noch etwas entgegenzuhalten, etwas zu unternehmen dagegen. Eine Diät? Oder einen Entzug? Oder vielleicht gleich ganz Schluss machen?

Schreiben Sie, hat sie gesagt. Schreiben Sie das, was war. Erzählen Sie die Geschichte von Anfang an.

Schreiben Sie alles nieder. Schreiben Sie ein Buch darüber. Schreiben Sie einen Liebesroman. Schreiben Sie nicht über den Hass. Der Hass kommt nicht an. Die Leute wollen das nicht lesen. Die Leute kennen das. Jeder weiß, dass das so ist. Jeder weiß, dass die Liebe unmöglich ist. Schreiben Sie, dass die Liebe möglich ist. Schreiben Sie, dass man sich lieben kann. Lassen Sie den Hass. Vergessen Sie den Gedanken daran. Schreiben Sie eine Geschichte, an die die Leute glauben können. Die Leute wollen den Glauben daran. Sie brauchen den Glauben daran. An was sollen sie denn sonst glauben, wenn nicht daran?

Es bleibt das Ungesagte. Das Elend. Und die Scham. Seine Scham, sich lächerlich gemacht zu haben vor ihr und der Welt. Ein Mann, vor dem niemand Respekt haben kann. Ein Nichts. Ein Nobody. Ein Versager. Der Diener an ihrem Altar. Ihr Kofferträger. Ihr Händchenhalter. Ihr Mädchen für alles. Und zuletzt auch noch in die Rolle des Liebhabers gedrängt. Und für alle nur noch der Gigolo. Und mit den bohrenden Blicken der Leute im Rücken. Dem ganzen Gerede der Leute im Rücken. All die sogenannten Freunde von ihr. Die Leute vom Film. Und die aus den Verlagen. Und alles nur hinter vorgehal-

tener Hand. Dieser ganze Tratsch hinter vorgehalte-
ner Hand. Und die Blicke auf ihn, nur schief, von
der Seite. Und die unausgesprochenen Kommentare: Der nimmt sie doch nur aus! Was will sie mit dem
Mann?

Manchmal hätte er sie umbringen können. Manchmal hatte er genug von ihr. Die Rechthaberei. Und
das ständige Prahlen. Und der herrische Ton, in dem
sie etwas sagte, ihm Befehle erteilte, Befehle wie:
Machen Sie das Fenster zu! Schließen Sie die Tür!
Und dass sie ihm nie Geld gegeben hat, im festen
Glauben daran, so ein Typ wie er, der braucht kein
Geld, den muss man nicht bezahlen, der kann froh
sein, dass er ein Dach hat über dem Kopf und ein
Bett zum Schlafen in ihrem Haus, in dem Haus einer
berühmten Schriftstellerin. Und immer an allem ge-
spart. Und immer nur den billigsten Wein genommen.
Und ihm vorgeworfen, er werfe ihr Geld zum Fenster hinaus, wenn er einkaufen war. Und immer ge-
jammert: Sie sei arm, bettelarm. Sie könne sich nichts
erlauben. Und immer geklagt. Und immer diese Worte gesagt. Und ihn vor die Tür gesetzt. Und ihm dann
hinterhertelefoniert. Und ihn beschworen, zurückzu-
kommen. Um der Liebe willen! Um der Literatur willen! Und dass sie ohne ihn nicht leben könne. Dass

sie ihn brauche und so. Und ihm ein schlechtes Gewissen gemacht, wenn er doch einmal weggegangen war, wenn er es nicht mehr ausgehalten hatte.

Und auf einmal nicht mehr. Auf einmal gestorben. An einem Sonntagmorgen gestorben, still und leise. Und kein Mensch war bei ihr gewesen. Und ein paar Tage später hatte sie schon auf dem Friedhof gelegen, in ein Grab gesenkt. Und der Chor der Stimmen. Alle, die gesagt hatten: Endlich! Endlich ist es vorbei! Die Anstrengung! Und das Ringen um die Luft, um jeden Atemzug nach der Luftröhren-Operation, die man gemacht hatte an ihr. Und sie mit veränderter Stimme hinterher. Die ganze letzte Zeit mit veränderter Stimme gesprochen. Und die anderen, die gesagt hatten, das sei doch kein Leben mehr gewesen. Und ihr die Augen zugedrückt hatten. Nicht er hatte ihr die Augen zugedrückt. Andere hatten ihr die Augen zugedrückt. Und die Beerdigung organisiert. Und gleich danach war sie weggetragen worden, aus dem Haus geschafft worden mit zugedrückten Augen. Und er konnte den Gesichtsausdruck nicht vergessen, der trotzig war, oder verbissen. Die Lippen zusammen gekniffen. Kaum mehr, dass man noch Lippen sah. Nichts mehr gesagt. Kein letztes Wort mehr gesagt, kein Wort mehr gegen den Tod.

Kein Ich-liebe-Sie mehr. Und schon weit fort. Und ganz tot hinter den zugedrückten Augen.

Gewusst hatte sie es schon lange, dass es so kommen würde, dass es nicht besser werden würde, dass es dem Ende zu ging, dass es nur noch darum ging, die lästige Angelegenheit zu erledigen, es möglichst schnell über die Bühne zu bringen. Nicht lange zu fackeln. Nicht lange herumzureden. Einen Punkt zu machen. Und jeden Tag noch ein bisschen näher an dem Punkt dran. Oder noch einmal ganz an den Anfang zurück, in die Geschichten hinein, die noch nicht herausgekommen waren, das ganze Zeug im Keller, das gewartet hatte auf den Tag, auf die Stunde, das herausgewollt hatte aus den Schubladen, und aus dem, was die Erinnerung gemacht hatte davon. Ein letzter Gang in das Kellergeschoss, in einer Stunde der Wahrheit, der Abrechnung. Und die vielen Gesichter aus der Vergangenheit, die da auf einmal wieder aufgetaucht waren. Gesichter in einer langen Reihe. Als müssten auf der Bühne alle noch einmal erscheinen und an ihr vorbeigehen. Und Rede und Antwort stehen, um es endlich zu Wege zu bringen, dass der Vorhang sich senkt. Aber so schnell ging das nicht. Der Tod hatte es nicht eilig. Der hatte sich Zeit gelassen. Und dass sich die Szene nicht ausstreichen ließ, empörte sie. Dass sie den Punkt nicht setzen konnte, den sie gesetzt hätte, am liebsten sofort. Schluss. Aus. Ende der Vorstellung.

Und nichts mehr geschrieben. Einfach nur noch gestorben, in derselben Langsamkeit gestorben, in der einmal ein Text entstanden war, oder in der eine Fliege gestorben war. Wie eine Fliege an der Wand, über Wochen, über Monate am klebrigen Ende des Lebens festhaltend. Und zuletzt hatte man ihr die Finger brechen müssen, so sehr hatten sie sich in die Decke verkrallt. Und am Tag vorher hatte sie noch gesprochen. Und das langsame Hochkommen der Kälte in den Gliedern beklagt. Und immer darüber geklagt, dass ihr kalt sei, dass sie in diesem Land immer gefroren habe, dass man die Heizung anmachen müsse, dass man in Frankreich immer die Heizung anmachen müsse. Und ihn die ganze Zeit auf Trab gehalten und ihn herumkommandiert: Bringen Sie mir dies! Bringen Sie mir das!

Manchmal hatte er es satt gehabt, an ihrem Bett zu sitzen und ihr die Hand zu halten, oder ihr das Essen zu machen, das sie doch nicht mehr aß. Manchmal hatte er sie angeschrien. Sie solle sich zusammenreißen! Sie solle sich nicht so gehen lassen! Sie solle sich zum Essen zwingen! Manchmal hatte er die

Wohnung verlassen. Manchmal war er geflohen vor ihr. Und das Ende zog sich hin. Es war eine Steigerung darin. Und ein Niedergang. Eine Steigerung und ein Niedergang zugleich. Und manchmal so kläglich. Und es hörte nicht auf.

Er hatte es ihr versprechen müssen. Um der Liebe willen! Um der Literatur willen! Kein Wort darüber! Sie hatte ihm jede Auskunft, jeden Kommentar untersagt. Sie hatte immer eine Scheu davor gehabt, das Wort auszusprechen, den Tod beim Namen zu nennen. Niemals hätte sie sich dazu hinreißen lassen, dem Tod eine Wahrheit zu geben. Das Wort Tod hatte keine Wahrheit für sie.

Meistens nahm sie die Leute gar nicht mehr wahr, die an ihrem Bett saßen, die gekommen waren, sie zu sehen, um Abschied zu nehmen, die alten Freunde, die gekommen waren, um Abschied zu nehmen. Sie presste die Lippen aufeinander. Sie weigerte sich. Sie schwieg. Nur manchmal schaute sie ihn an mit einer Frage auf den Lippen und den Augen, mit denen sie die Wände anstarrte, die nach etwas suchen, nach einem Wort, wenn es in einem Text nicht mehr weitergeht, wenn einem ein Wort fehlt. Und es steht vielleicht schon in der Tür. Oder es ist nur ein Bild an der Wand. Ein Bild von ihr. Sie, wie ein Schatten in der Tür, wie ein Wort, das eingetreten ist. Sie, die eine Geschichte geworden ist, ein Buch, unter seinem Namen erschienen.

.

Sie, noch einmal

Auf dem einen Bild war sie noch die kleine Donnadieu, die keine Schuhe getragen hatte an den Füßen, die am liebsten ohne Schuhe gegangen war, eine kleine Wilde mit einem hinreißenden Lächeln für die Kamera. Und auf dem anderen schon die Schriftstellerin, die nach Paris gekommen war, aus der fernen Kolonie direkt in die Großstadt hinein, in ein unübersichtliches Netz aus Straßen und Bahnlinien und Metrostationen. Und sich in dem Netz auch noch auszukennen. Und immer Schuhe zu tragen an den Füßen. Und möglichst zu lächeln auf den Bildern, die man gemacht hatte von ihr. Sie, in den Ferien am Meer. Sie, in ihrer Wohnung, an der Schreibmaschine sitzend. Sie, mit einer angezündeten Zigarette zwischen den Fingern. Und sich nur manchmal

noch an die kleine Donnadieu zu erinnern, die Fünf-
zehnjährige mit dem Männerhut auf dem Haar. Und
sie wusste nicht einmal mehr, wie sie zu dem Hut
gekommen war. Ob er einem ihrer Brüder gehört
hatte. Oder ob er noch von ihrem Vater war. Und
dann hatte sie darüber geschrieben. Und ganz
schwindlig geworden war ihr. Und manchmal glaubte sie es sogar, dass es so war, dass es genauso gewesen war, wie sie es geschrieben hatte. Und in immer
wieder neuen Anläufen geschrieben hatte. Und ganz
abgeschnitten von allen Erinnerungen, eine, die keine Geschichte mehr hatte, die ihre Geschichte verloren hatte, die sich nach Paris verirrt hatte, eine
unter anderen Verirrten. Man sieht sie durch ihre Texte
gehen, wie im Schlaf durch die Parks und Gärten der
Irrenanstalten wandeln, wenn sie irre geworden sind.
Oder man sieht sie sitzen neben einem Blumenbeet,
auf einer Bank. Sie schauen die Blumen nicht an. Sie
schauen in die Ferne. Vielleicht sehen sie das Meer.
Vielleicht hören sie Stimmen, Stimmen, die nur sie
hören können. Oder sie hören die Blätter fallen von
den Bäumen im Herbst. Manchmal tun sie sich auch
zusammen. Paarweise gehen sie in den Wald hinein.
Frauen mit ihren Liebhabern, die einmal aus dem
Norden kommen. Dann wieder aus dem Süden. Oder

von einem anderen Stern kommen. Männer, die lange Schatten werfen auf die Schatten der neben ihnen hergehenden Frauen. Männer, die ihre Hüte tief ins Gesicht gezogen haben. Man ahnt, dass sie nur für kurze Zeit bleiben werden, dass sie bald schon wieder gehen werden. Sie hatte es selbst erlebt, wie es ist, einen Mann gehen lassen zu müssen, wenn die Zeit gekommen war. Und auch beim Schreiben nie gewusst, ob aus einem Text einmal etwas werden würde, das Buch werden würde, das sie schon vor sich sah. Und jeden Tag auf dem schmalen, wankelmütigen Streifen zwischen Land und Meer, Hoffnung und Angst und zwei Namen in den Sand geschrieben. Und wenn es gar nicht mehr weitergegangen war, die harten Schnitte, die Striche, die Sprünge über Abgründe hinweg. Oder zu fallen wie die Blätter von den Bäumen im Herbst. Oder wie ein Tier zu schreien, nachts, auf dem Balkon. Und tagelang, wochenlang gar nicht mehr auf die Straße zu gehen. Und nicht mehr zu essen. Und nicht mehr zu schlafen. Und sich den Kopf zu zerbrechen. Und vielleicht doch nur Lügen und Beschönigungen oder Mittelmaß zustande zu bringen. Und der wunderbare Augenblick dann, wenn es in einem Text auf einmal wieder weitergegangen war. Ein Einfall, ihr gnädig geschenkt.

Und das wunderbare Gefühl, ein Buch endlich in der Hand zu haben.

Manchmal hatte sie Angst zu sterben, noch bevor eine Seite fertig war, noch bevor sie unten angekommen war, mit einem Text nicht zu Ende zu kommen. Viele haben das nicht ausgehalten, haben sich totgeraucht oder totgetrunken. Oder sie sind in Feuer und Flammen aufgegangen wie ein Haufen Stroh auf dem Feld. Oder sie sind ins Wasser gegangen, in eine kalte, ungemütliche Seine hinein. Oder es war nicht einmal die Seine. Es war nur ein Tümpel oder eine halbvolle Badewanne. Und andere haben sich bis zuletzt dagegen gewehrt. Oder sich von Anfang an auf die Seite derjenigen gestellt, die sich abgefunden haben damit, dass das so ist, und dass man manchmal etwas hört, eine Stimme, die einen nicht schlafen lässt. Und sich morgens wieder an die Maschine gesetzt. Und der Versuchung widerstanden. Oder sich eingeredet, dass man es im Augenblick nicht tun muss, nicht unbedingt jetzt, weil man es immer noch tun kann. Und es auf morgen verschoben. Sie fand es lächerlich, sich die Mühe zu machen. Es geschieht ohnehin jeden Tag.

In dem letzten Interview, das sie gegeben hatte, weinte sie. Sie weinte über den Mann, als das Gespräch auf ihn gebracht worden war. Und auch über die Bettlerin weinte sie. Die Aufnahmen kamen aus ihrer Pariser Wohnung, live ausgestrahlt im Abendprogramm. Und es war auch nicht nur die Schriftstellerin, die da weinte, die ein Buch geschrieben hatte, das zum Weinen war, oder das Kind, das da noch einmal weinte in ihr. Das war auch die Frau, die plötzlich und unerwartet ihren Tod vor sich sah, ihren Körper von Würmern zerfressen. Und dass da auf einmal wieder diese Bettlerin aufgetaucht war, dunkel, aus der Erinnerung mit dem Kind auf dem Rücken, das ganz von Würmern zerfressen war. In dem Moment sah sie es. Sie sah das Verbrechen. Den Mord an einem Kind. Und dass das Kind nicht zu retten war. Darüber weinte sie. Und über den Vize-Konsul weinte sie, über seine Verzweiflung, nicht weinen zu können, nachts auf dem Balkon stehen zu müssen und zu schreien wie ein Tier. Und die Tränen waren nicht aus Papier. Die Tränen waren von ihr. Gewöhnlich hatte sie sich ein Interview, das sie gegeben hatte, hinterher noch einmal angesehen. Dieses Interview nicht mehr. Sie hatte darauf verzichtet. Sie wollte es nicht noch einmal gesehen haben.

LYRIK IM ATLANTIK VERLAG

Gerd Kiep
CHARONS TRAUM
geb., 72 Seiten
12.80 EUR
ISBN 3-926529-51-2

Gerd Kiep
NACHTPOST
geb., 108 Seiten
12.80 EUR
ISBN 3-926529-51-2

Ulrike Hille
TANGONOSFERATU
geb., 102 Seiten
12.80 EUR
ISBN 3-926529-51-2

Ulrike Hille
ÜBERLEBENSFLUGLIED
Übersetzung Denis Marie Toulouse
zweispr. dt.-franz., br., 87 Seiten
9.80 EUR
ISBN 3-926529-51-2

Instituto Cervantes
GONZALO ROJAS – DAS HAUS AUS LUFT
Übersetzung Reiner Kornberger
zweispr. dt.-span., geb., 240 Seiten
14.80 EUR
ISBN 3-926529-51-2

Pablo Neruda im Atlantik Verlag

Sara Vial
Pablo Neruda in Valparaíso
Übersetzung Brigitte Buttmann-Simon
Format 21 x 26 cm, Fadenheftung, Engl. Broschur
294 Seiten, 273 Abbildungen
29.80 EUR
ISBN 3-926529-94-6

Pablo Neruda
Anstiftung – Incitación
zur Beseitigung Nixons und zur Fortführung
der chilenischen Revolution
Übersetzung Claudio Sperandio
zweispr. dt.-span., 114 Seiten, Engl. Broschur
15.00 EUR
ISBN 3-926529-95-4

Marty Brito
Wohin gehen die geträumten Dinge?
Fragen von Pablo Neruda –
Antworten von Kindern aus Chile
Leinen mit Schutzumschlag
20 farbige Linolschnitte, Transparentpapier
Format 30 x 29 cm, geb., 44 Seiten
48.00 EUR
ISBN 3-926529-50-4